モテすぎる男子から、めちゃくちゃ一途に溺愛されています。

雨乃めこ

STARTS
スターツ出版株式会社

イラスト／やもり四季。

チャラチャラした男の子は苦手。
絶対に関わらない。
そう思っていたのに――。
なぜか学校のミス候補に選ばれてしまって!?
「優勝目指してがんばろうね、美乃里ちゃん」
よりによって彼となんて――。

「俺の顔に泥塗ったら許さないから」
「やっぱ美乃里ちゃんだと興奮しないみたい」
だいっきらい。なのに――。
「からかってねぇよ」
「柄にもなく、大真面目」
嘘だ。
絶対に、騙されないんだから。

「俺も嘘だって思いたいけどさ」
「美乃里ちゃんといると、ここ、ずっとうるせーの」
手のひらから伝わったその音が、ズルすぎて。
「なるよ、俺が。美乃里の王子さまに」

月本 美乃里（つきもと みのり）

ちょっと生真面目なところがある無自覚美少女の高１。チャラい男子が苦手だけど、アズコンで果歩とペアになったことで気持ちに変化が…。

水牧 果歩（みずまき かほ）

女子の圧倒的人気、来る者拒まずのプレイボーイ。ペアになった美乃里に反発するけど、彼女の父と意外な縁があって……。

菱田 泰生（ひしだ やすき）

果歩の親友。ひょうひょうとした性格で、時には果歩を批判することも。クールでいながらもなにげにサポートしてくれて……いる？

湯前 善（ゆのまえ ぜん）

アズコンで美乃里＆果歩ペアのスタイリストを務めるセンス抜群の高3。見た目は派手だけど意外と面倒見がいい、恋のキューピッド役。

住田 小百合（すみた さゆり）

美乃里の親友。見た目大人っぽくていざという時はしっかり者。

仲江 萌（なかえ もえ）

美乃里の親友。思ってることを素直に言葉にできる元気で明るい子。

☆contents

モテすぎる男子から、めちゃくちゃ一途に溺愛されています。

Prologue　いつか王子さまと

　小さい頃絵本で見た王子さまは、すっごくキラキラしててかっこよくて。
　その想いは、お姫さまにずっと一途で。
『美乃里もいつか、素敵な王子さまをママに紹介してくれるかしらね？』
　絵本を読み終えたママが、そう言って微笑んだのをよく覚えている。
『みのりはね、パパみたいな王子さまがいい！』
『ふふっ、パパ喜ぶわ！　美乃里が大きくなって、パパみたいな優しい王子さまと結婚するの、ママ楽しみにしてるからね』
『うん！』
　いつか、運命の王子さまが迎えにきてくれて、ときめきいっぱいの素敵な恋をするんだって。
　あの頃は本気で信じていた。

　あれから12年が過ぎて。
　私、月本美乃里は今年の５月に16歳になった。
「わっ！　果歩くんだ。今日もカッコいい！」
「目の保養だよね！」
　夏休みが終わり、新学期が始まって数日。
　高校に入って仲よくなった同じクラスのさゆちゃんこと

住田小百合(すみたさゆり)と、萌(もえ)ちゃんこと仲江(なかえ)萌。そのふたりが教室の窓の外に目を向けてうっとりしだしたので、その視線の先を追う。

……なんとなく予想はついてるけど。

外で女の子たちに囲まれているひとりの男の子。

うわ……。

でたぁ……。

その人を見て、歪(ゆが)んでしまった自分の顔をとっさに元に戻す。

「水牧(みずまき)果歩くん、いいよね！」

「あの顔面(がんめん)なら絶対芸能界(げいのうかい)いけそうだけど、そこらへん実際どうなんだろう？　はぁ……カッコいい」

「……」

毛先(けさき)を少し遊ばせベージュ色に染(そ)められた髪(かみ)に、整(ととの)った顔立ち。身長180センチというスタイルのよさもあり、学年一、いいや、学校中で女子から圧倒的(あっとうてき)人気の男の子だ。

でも、私は……。

あの日、初めて見た時から彼が苦手。

そんな私の考えをよそに、ふたりは盛り上がっている。

「アズコンの１年代表のミスター、絶対果歩くんで決まりだよね」

「うん、ぶっちぎり」

「で、ミスは美乃里！」

「……はっ、え？」

自分の名前が萌ちゃんの口から出てきた気がして思わず

声を出す。
「なにその顔？」
「そうだよ。どう考えても１年で一番かわいいの、美乃里じゃん」
「あの、な、何言ってるの……そんなわけ」
梓ヶ丘高等学校ミス・ミスターコンテスト、通称アズコンは、学園祭で毎年行われる、学校の美男美女のトップを決める大会だ。
うちの学校は学園祭に相当力を入れていて、その中でも人気の一大イベントがこのアズコン。これを目当てに入学してくる子もいるなんて聞いたことがあるくらい。
まず、３学年の各10クラスからそれぞれ男女１名ずつ代表を選んで、そこから学年別で人気投票が行われ、各学年の男女がそれぞれ上位３人にまで絞られる。
そして選ばれた男女は、くじでペア決めが行われるシャッフルペアというルールがあって。そのペアでいろいろ審査を受けて学年代表が１組ずつ決まり、学園祭当日のファイナルステージで各学年代表の３組が競い合う。
しかも学園祭当日の舞台では、それぞれにスタイリストさんまでついて、ランウェイを歩いてファッションショーみたいなことまでする相当大規模なイベントなんだ。
２学期になると学校中がその話題でもちきりになる。
そんな学校あげてのとんでもないイベントの代表が私って……冗談にもほどがある。
「もう！　美乃里の顔で謙遜されたら、私なんて生きていけないんですけど？」
「私も。いいじゃん！　果歩くんと美乃里、美男美女だけど性格真逆のふたりって感じで！」
「はい？　何がいいの？」
　思わず大きな声を出してしまった。
「そんな照れなくても」
「照れてない！　断じて照れてない！　ていうか私、水牧くんって嫌いだし」
「「はぁぁぁ？!?！」」
　さっきの私の何倍もの声でふたりが叫ぶから、耳がキーンとする。
　鼓膜が破れるかと思ったくらい。
「水牧果歩を嫌いって!!」
「そんな女子、存在すんの!?」
　ふたりが同時に声を上げる。
「うっ、大げさだなあ、ふたりとも……」
　逆に、あんなチャラチャラベタベタした人のどこがいいのか。苦手な人なんて、いくらでもいるって。
「なんで嫌いなわけ!?　私らの知らないところでなんかあったとか？」
「美乃里が誰かのこと嫌いとか言うの珍しいよね、萌はよく言ってるけどさ」
「ちょっと。それじゃ私が悪口ばっかり言ってるやつみたいじゃん！　でもまじで、そんなに嫌うって果歩くんとなんかあったの？」

「……いや、その、入学式の時にさ……」
　私は重い口を開いた。もう半年も前の話なのに、思い出すだけで鳥肌が立つ。

　まだ学校の右も左もよくわかっていなかったあの日、キョロキョロと校庭を見回しながら校舎に向かって歩いていると、木陰に人影が見えて。
　なんとなく目を凝らしてよく見てみると、その影は重なる男女で……。
　それで……。
　その時目にした光景をふたりに説明する。
「なるほどね。果歩くんが女の子とキスしてるの見て、引いたと」
「うん、まぁ」
　腕を組んださゆちゃんのセリフに頷く。
「えー、それだけ!?　ていうか、なんで引くの!?　いいじゃん！　普通キュンキュンしない!?　私も果歩くんとチューしたい！って思わない？」
　萌ちゃんは不満顔だ。
「いやいや、そんなこと思わないよ！　だって、入学式の日だよ。それに……」
「それに？」
「……いや、なんでもない」
　ふたりにはさすがに言えなかった。
　あの瞬間、私は彼と目が合ったんだ。彼は私に見られていることに気づいていた。
　それなのに、やめなかった。
　まるで見せつけるみたいに。
　心なしか笑ってるように見えたし。
　とにかく、嫌だよ、あんな人。
　あの日だけじゃない。
　今日までずっと、彼はよく違う女の子を連れている。
　噂で聞くと、手を繋いだりハグやキスをする以上のことを学校でしているとかなんとか。
　毎日のようにいろんな女の子と。
　特定の彼女は作らずに、来るもの拒まず去るもの追わずという感じらしいけど。
　そんな関係、絶対間違っていると思うから。
　そういう行為って本当はもっと、ひっそりと、人の目につかないところで行うべきことで。
　愛し合うふたりだけが特別にできるからこそ素敵で、もっと大事にするべきものだと思うから。
　私は、一途に想い合ってふたりの関係を築いていけるような、そんな人といつか出会いたい。
　水牧くんみたいな人は、絶対に嫌だし、正直、軽蔑する。
　あんな人を女の子たちが甘やかすから、ああいう生き物はさらに調子に乗るんだ。
　思いにひたる私に、萌ちゃんが鋭く言う。
「あのさ、うちら16だよ？　高校生にもなって人のキスのひとつやふたつごときでギャーギャー言ってちゃ大変よ」

「ギャーギャーって……」
「ちょっとガード緩(ゆる)めぐらいじゃないと、出会えるもんも出会えないかもね？」
　さゆちゃんまで……。
「現に美乃里、せっかくモテモテで告白(こくはく)されまくってるのに、今まで全部断(ことわ)ってるし」
「それは……だって」
「「私のことよく知りもしないのに、好きとかよくわからないっっ」」
「うっ」
　ふたりが同時に言うので、びっくり。
　もう……。
「美乃里の口癖(くちぐせ)すぎて覚えたよ。何回聞いたかわからないからね」
「そんな都合(つごう)よく、運命の相手なんて現(あらわ)れないよ？」
「そそ、美乃里みたいな堅物(かたぶつ)美女には、果歩くんみたいなちょっと強引(ごういん)に引っ張ってくれる男の子ぐらいがちょうどいいんじゃなーい？」
「はっ、全然(ぜんぜん)よくないから!!」
　なんてこと言うんだ。
　何を言われても、あんな人、無理に決まってるし。
　隣(となり)に並ぶなんて、ありえないから。
「あーあー、美乃里と果歩くん、ペアになんないかなー」
「不吉(ふきつ)なこと言わないで」

放課後。
「こんにちは～」
私は学校が終わると、いつも一目散に学校から徒歩10分の場所にある幼稚園に、双子の弟妹を迎えにいく。
「あ、月本さん、こんにちは！　ふたり呼んできますね」
顔を出せばお馴染みの先生がそう言って、すぐに彼らを呼びにいってくれる。
「里柚ちゃん、柚巳くん、お姉ちゃん迎えにきたわよ？」
先生のその声で、トタトタとかわいらしい足音がふたりぶん聞こえてきて。
「おねーちゃん!!」
双子のひとり、男の子の柚巳が私の右ももにポフッと抱きついてきた。
「ふふっ、おかえり柚巳」
そう言って柚巳の頭をなでれば、
「ゆみずるいっ！　りゆも！」
今度は左ももに双子の女の子、里柚が抱きついてきた。
……た、たまらん。
私に絡みついて離れない天使たちを、ギューっと抱きしめる。
「おかえり、ふたりとも」
幼稚園から迎えたふたりと手を繋いで家に向かいながら、今日、幼稚園であった話を聞いていたら、いつもあっという間に家に着く。
ガチャ。

「「ただいまー！」」
「ただいま。ふたりともすぐ手洗ってね。ちゃんとできたらおやつにプリン食べよ」
　それを聞いた双子は「やったー！」とはしゃいで、猛スピードで靴を脱いで洗面所にダッシュする。
　家に帰ってきたら手を洗って、ふたりとおやつを楽しんで。ふたりがリビングで遊んでる間、それを見守りながら、私は、学校で出された課題や授業の予習や復習、テスト勉強をダイニングテーブルでやる。
　それから１、２時間経てば、夕飯の準備をして、合間にふたりのお風呂の様子を何度か見たりして。
　なんだかんだしてたらあっという間に寝る時間。
　これが、今の私の学校終わりのルーティンだ。

　私のママは、６年前に帰らぬ人となった。
　双子を産んだ直後、容態が急変して。
　もともと、私を産んでから数年後に病気が発覚し、そんな中、ママのお腹に宿った新しいふたりの命。
　今の状態で出産するのは難しいとか、産まないほうがいいとか、周りから色々と言われたママだったけど、絶対にこの子たちを元気に産むんだって、その意志はとても固かったと、パパが誇らしげに語ってくれた。
　ママがいなくなった時は私はまだ小学生で、あまりのショックで毎日泣いたけど。
　生まれたてほやほやの元気そうな双子を見た時、すっごく心がぽかぽかした。
『美乃里、お姉さんになるのよ』
『ふたりといっぱい遊んであげてね』
『みんなが笑っているのがママの一番の幸せよ』
　悲しいのは何も変わらないけれど、ママの幸せを、願いを叶えようって、パパとふたりで決めたんだ。
　だから、今の私には、恋愛に時間をかけられる余裕がないっていうのも、恋をしないもうひとつの理由だ。
　かわいい双子の笑顔が見れて、今はそれで満足している。
　ママもパパも里柚も柚巳も、私は家族が大好きなんだ。
　ママが病気で亡くなっても、今でもずっとママを変わらず愛しているパパを見ていたら、私もいつか、パパみたいな誠実な人とって思うから。
「……あんな人、絶対ありえないからっ」
　夕食の準備中、にんじんを切りながら思わず声が出てしまった。
　朝、さゆちゃんと萌ちゃんとあんな話になったから思い出してしまった。
　……まったく。
「おねーちゃん!!　シャンプーなくなっちゃった!!」
　突然、廊下から柚巳の声がして、ハッと我に返る。
　グインと首を横に向ければ、柚巳がとんでもない格好で立っていた。
「あっ、ちょ、柚巳!!　なんですっぽんぽんで出てくるかな!?　しかもびしょ濡れだし!!」

「うはははは っ!!」

　廊下を水でびしょびしょにして仁王立ちする柚巳が豪快に笑う。

「うははじゃなくて……！」

　この笑顔を、私は守りたいから。

　この笑顔が、私の幸せだから。

Chapter 1 「一口ちょうだい」

翌日。

嘘でしょ……。なんでこんなことに。

それは1時間前。本日最後のロングホームルーム中に事件は起こった。

11月に行われる学園祭でアズコンのグランプリが決まるわけだけど、それに出場する学級代表を決めるための投票をすることになって。

「えー見事、クラス代表に選ばれたのは柳と月本だ。ふたりともがんばれー」

担任の先生がそう言って、みんなの拍手が教室に鳴り響いたかと思えば、

「美乃里ちゃんなら絶対3年生抜いちゃうよ！」

「優勝間違いないね！」

「月本さん、俺ら全力で応援するからさ！」

あちこちからそんな声が飛んできた。

……なんで、私なんだ。

男子代表で選ばれた柳くんは、クラスのムードメーカー的な存在。

クラスメイトからヒューヒューと歓声を浴びながら、アイドルのファンサービスのようにみんなに手を振ってこの状況をすごく楽しんでいる。

私はそんなふうになれない。

　目立つことは、昔からすごく苦手だから。
「美乃里！　友達の私たちも鼻が高いよ！　学年別投票でも絶対に美乃里が一番でしょ」
　帰りの会が終わって、一目散に私の席にやってきた萌ちゃんのセリフに、心の中でため息をつきながら口を開く。
「……辞退するから」
「はぁー？　なんでよ！」
「そうだよ！　もったいない！」
　萌ちゃんとさゆちゃんがぐいっと詰め寄ってくる。
「こ、こういうの苦手なの」
　期待されたり、評価されたり。
　私は、それに応えられるような人間じゃないから。

　小さい時の苦い経験を思い出す。
　あれは小学３年生の学芸会。
　クラスの多数決によって主役のお姫様に選ばれて。
『美乃里ちゃん、かわいいからお姫様ぴったりだね！』
『ドレスもすっごく似合ってるし！　完璧だよ！』
　誰も私を不安にさせようとか、苦しめようって気持ちで言ったわけじゃない。
　でも、そんな声が増えれば増えるほど、ほめられればほめられるほど、絶対に失敗できなくて。
　しっかりやらなきゃ、みんなの期待に応えなきゃ、学芸会を成功させなきゃって気持ちはどんどん大きくなって。
　焦れば焦るほど練習に集中できなくて。

気がつけば、本番当日。
袖から出て、舞台の真ん中に立った瞬間。
目の前に広がる見たことのない人の多さと、私に当たるたくさんの照明。
みんなが私のセリフを待っている。
緊張は最大レベルに達してて。
声を出さなきゃ、そう思ったけど、頭の中がもう真っ白になって。
セリフを言えず、その場に立ち尽くすことしかできなくなっていた。
その後の記憶は、正直あまり覚えていない。
思い出したくもない、私のトラウマだ。

「そんなことがあったんだ……ごめんね」
「うん。ごめん、美乃里の気持ち知らないで」
私が、昔話を軽く話し終えると、ふたりがしょんぼりしながらそう言った。
あっ、違う。まずい。ふたりにこんな顔させたかったわけじゃないのに。
「ううん！　違うの！　ごめん！　私こそ勝手にペラペラと。ふたりが謝ることじゃないから！　私が、ほんと昔から向いてないだけなの、そういうの」
あの時の学芸会がきっかけなのか、人前で何かをするとなると、授業で先生に当てられる時でさえ、答えがたとえわかっているものとしても、ものすごく緊張してしまう。

「そういう事情があったら無理強いできないもんね……あー私が美乃里だったらめちゃくちゃドヤ顔しながら歩くんだけどなぁー！」
　萌ちゃんが残念そうに言う。
　ドヤ顔って……。
　そこにさゆちゃんが思い出したように口を開いた。
「でもさ、アズコンの参加者は毎回参加賞がもらえるんでしょ。今年は、あのクレピスランドのペアチケットだって聞いたよ？」
「えっ!?」
　クレピスランドのペアチケット!?
　クレピスランドとは、去年開園したばかりのアミューズメントパーク。今、家族連れもカップルも、みんなが行きたいナンバーワンの場所だ。
　まさかそのクレピスランドのペアチケットがもらえるなんて……。
　貴重すぎるって。
「美乃里んちの双子ちゃんたち、休みの日になるといつもそこに行こうってうるさくて大変って前に言ってたよね」
「うん……」
　土曜日の朝、起きた彼らの第一声は決まって、最近ずっと、『おねーちゃん、クレピスランドに行こう！』だ。
　でも、小学生以下でもすっごく高い入場料だから、なかなか連れていってあげることができなくて。
　けど、ペアチケットなるものがあるなら、だいぶ……。

「美乃里、目の色が変わってるぞ」
「ほんと、相変(あいか)わらず重度(じゅうど)の姉バカだね」
そんなふたりの声が耳に入ってこなくなるぐらい、私の頭の中は一気に、ペアチケットのことでいっぱいになった。
アズコンは、クラス代表２名が決まると、次に学年人気投票で男女それぞれ上位３人にまで絞(しぼ)られる。
ひと学年10クラスなので、女子は計10人。
その中からの上位３人だ。
どうせそこで落ちるに決まってるし。
ファイナルとなる学園祭のステージに上がることなんて、もっとあるわけない確率(かくりつ)だから。
参加だけして、ペアチケットがもらえるのなら……。
かわいいふたりの喜ぶ笑顔が見れるなら。
私はそう考えて、辞退を思いとどまった。
まさか、この決定が、最悪の出来事(できごと)が始まるきっかけになるなんて。

数日後。
「美乃里、掲示板(けいじばん)見た!?」
朝、席でカバンの中から教科書(きょうかしょ)を取り出していると、さゆちゃんと萌ちゃんが教室に到着早々(とうちゃくそうそう)、ドアの前で大きな声でそう言った。
えっと、掲示板？
「この反応(はんのう)……見てないな」
「んもう、来て！」

私の席にやってきた萌ちゃんが、私の腕を強引につかむ。
「ちょ!!」
教科書、まだ引き出しに片しきれてないのに！
連れてこられたのは、普段学年のお知らせやテストの順位表などが貼り出されている掲示板。
テストの順位表が貼り出されている時ぐらいしか人が集まらないそこが、今日は何やらとてもにぎやかだ。
「なにごと？」
「アズコンの学年代表上位６名が決まったのよ！」
「ほぉ……」
あぁ、アズコン。
すっかり記憶から消えかけていた。
「ほぉって……美乃里、その中に入ってんの！」
「え……」
今、なんて言った？
「きゃー！　果歩くん!!」
「果歩くんおめでとうっ！　当然の結果よね！　圧倒的１位だよ!!」
「ソロでなら果歩くんが優勝間違いないんだけど」
「ペアの子、誰になるんだろうね」
女の子たちの会話や黄色い声が聞こえる。
「みんなが応援してくれたおかげだよ？　ありがとう。これからもがんばるね♪」
後ろから聞こえてきたその声に、背筋がゾクッとした。
今の声って……。

「月本、美乃里ちゃん？」
「……っ」
優しく肩をつかまれたと思えば、見覚えのあるベージュの髪が目に飛び込んできた。
「なっ……」
「そんな怯(おび)えないでよ。残れるようにがんばろうねっ」
彼の登場に、最初は固まることしかできないでいたけれど。まさかと思いながらやっと、改(あらた)めて掲示板に目を向ければ……。

男子代表１位　水牧 果歩　314票(ひょう)
女子代表１位　月本 美乃里　292票
何、これ……。

「最悪。お腹痛い……帰りたい」
「いや、逆になんで落ちると思ってたのか不思議(ふしぎ)でしょうがないわ」
お昼休み。校庭にあるテラスでさゆちゃんたちとお弁当(べんとう)を食べながら、ため息が止まらない。
「ほんっと、美乃里って自分に興味(きょうみ)ないっていうかなんていうか……かわいいことをもっと自覚(じかく)したほうがいいよ。目立ちたくないなら、その顔を隠(かく)すような地味(じみ)な格好しなきゃ」
「なにそれ！　漫画(まんが)の世界すぎる。でも美乃里のことだから、メガネで髪ボサボサにしてもすぐバレそう」

　人が落ち込んでいるっていうのに、なんでこのふたりはこんなに楽しそうなんだ。
「シャッフルペアは明日決定だっけ？」
「１位同士の果歩くんと美乃里がペアになったら、それこそガチで優勝狙えると思うんだけど」
「やめてよ！　あんな人とペアとか絶対ならないからっ！」
　シャッフルペア……まさか自分がそれに参加することになるなんて……。
　こんなの私の計画にはなかったよ。
「フラグすごい」
「それな」
　ふたりが顔を見合わせてニヤリと笑う。
「やめて」
　水牧果歩。
　さっきだって、なれなれしく話しかけてきたし。
　そりゃ、あんなに間近で顔を見るのは初めてだったから、思ってた以上に綺麗な顔つきで、身長もすごく高くて少しびっくりしたけど。
　涼しげな切れ長の目とスッと通った鼻筋に血色のいい薄い唇。正直、一瞬目が合った時は、その甘いマスクに息を呑んだ。
　でも、自分に声をかけられたら女子がみんな喜ぶとでも思っているのだろうあの性格、ますます好きになれない。
　ふんっ。
　他の女の子があの顔に落ちようが、私は違うから。

そんなことを思っていると。
「わー、弁当美味しそうだね」
えっ!?
突然、後ろから軽快な声が聞こえた瞬間、甘い香りが鼻をかすめた。
最悪だ。
さっきも香ったその匂い。
「「水牧、果歩くんっ！」」
さゆちゃんたちが、現れた人物を見てその名前を呼んだ。
……やっぱり。
「あれ、この卵焼き……」
「ちょ、なんですか急にっ！」
急に現れたと思ったら、まじまじと人の弁当の中を覗いてきたので、とっさに手で隠す。
「いや、今俺の名前が聞こえたからさー。なんの話してるんだろうって気になって、ね。それ、美乃里ちゃんのお母さんが作ったの？」
今日初めて話したというのに、もう下の名前＋ちゃん付けで呼ぶの!?
チャラ!!　チャラチャラい!!
「いえ……」
「え、じゃあもしかして、美乃里ちゃんが？」
グイッと顔を近づけてくるから、いちいち心臓に悪い。
悪い意味で。
「だ、だったらなんですか……」

「……へー。一口ちょうだい。卵焼き」
「はぁ？　ダメに決まってるじゃないですか！」
「えーー。ケチ。てかなんで敬語？　同級生なのに」
「……」
　このテンション、無理だ。ついていけない。
「果歩、お前、呼ばれてるんじゃなかった？」
「んー」
　後ろから様子を見ていた友達にそう言われて、テキトーな返事をする水牧くん。
　用事あるなら早く行ってよ!!
「じゃ、またね。美乃里ちゃん。俺たちペアになれたらいいね」
「はっ……べっ……ん！」
『別に』
　そう返そうとしたら、口をさゆちゃんの手で押さえられてしまった。
　な、なんで!?
「友達のふたりも俺の応援もよろしく」
　手をひらひらさせながら校舎へと戻っていった彼に、さゆちゃんと萌ちゃんが満面の笑みを見せる。
「はい!!　応援します!!」
「美乃里とペアになるの祈ってますねっ！」
　はっ!?
　なに、この甘々な態度。
　ほんっっと、勘弁してよ。

「やばくない!?　あの水牧果歩と対等に話す美乃里！」
　水牧くんの背中が見えなくなって、さゆちゃんが私から手を離して興奮気味に話しはじめる。
「ちょっと映画のワンシーン見てるかと思った、どっちも顔よすぎでしょ」
　続けて萌ちゃんまで。
「……もう、それからかってる域じゃん」
「美乃里って、黙ってれば美人なのにね。髪も染めてなくてこの綺麗な栗色！　しかも超絶サラッサラ。肌もすっごい綺麗だし」
「うちらより食べるのに、全然太らないしさ〜」
　そう言われても、私自身はまったく実感がない。外見やおしゃれにはまったく無頓着だし、なにしろ双子の世話や日々の生活で精いっぱい。
　それに人間、そもそも外見じゃないし。
「だから美乃里は絶対、水牧くんとペアになったほうがいいって！」
「いや絶対嫌だから！」
　なんとしてでも、明日、彼とだけはペアになっちゃうのはダメだ。

　それからあっという間にやってきた翌日のペア決め。
　お昼休み。
　視聴覚室に集まるように運営委員が放送で呼びかけて。
　今、視聴覚室には、ひと学年６名、計18人の生徒がいる。

　集まっているのは、みんな本当にかわいくてかっこいい人たちばかりだ。

「私、果歩くんとペアがいいなあ」

「私も！」

　同じ１年生のふたりのかわいい女の子に囲まれた人物に目をやる。

　どうか、どちらでもいいので彼とペアになっていただきたい。

　あぁ、興味のないイベントなのに、いざこうやって集められたりすると、なんだかんだ緊張してしまう。

　なんでこんなに緊張しいなんだろう。

　逆に、どうしてみんなそんなに平気なの？

「月本さんも、やっぱり水牧とがいい？」

「へっ」

　横からいきなり声がして振り向くと、見覚えのない男の子がふたり立っていた。

　えっと……。名前、なんだっけ。

　昨日、掲示板に彼らの名前も載っていたかもしれないのに、あまりの衝撃に他の人たちの名前を確認することまで気が回らなかった。

　と言っても、顔と名前が一致しないと意味がないのだけれど。

「俺、廣瀬、こっちは神田。よろしくね。もしかしたらどっちかとペアになるかもしれないし」

「あっ、うん、よろしく」

そうか……水牧くんとペアにならないことだけに気を取られていたけど、あまり知らない彼らと関わることにもなるんだよね。

どうしよう……。

人見知りってわけじゃないけど、新しく知り合う人にはどうしても神経(しんけい)を使うから、少々気疲(きづか)れしてしまうし、そもそもこのコンテストに参加することすら嫌なのに……。

でも、今、辞退したらやっぱりペアチケットはもらえないよね……。

「一次審査って何するんだろう」

「え、月本さん、知らないの？」

「うん。あの、知らないのって、変かな？」

「アズコンって、受験(じゅけん)にも有利だって話もあるから、目指している人も多いんだよ」

「そ、だから選ばれる人はそれなりに熟知(じゅくち)しているっていうか。アズコンのためにこの学校入ってイメチェンする人もいるし」

男子ふたりが説明してくれる。

「あ、そうなんだ……」

なるほど。受験にも有利って……。そんなにすごいイベントだったのか。

もしかしたら、人によっては、今後の進路を左右すると言っても過言(かごん)ではない、大切なものなのかも。

そっか。そうだよね。

完全に私、場違いじゃないかなあ。

「一次審査は確(たし)か、コーデ審査だよ」
「えっ!?」
　コ、コーデ審査?
　結構(けっこう)、本格的なんだなあ……。
　どうしよう。そんな審査に着られるようなおしゃれな服、持ってないよ。
「ここにいるメンバーは、当然知ってて来てると思ってたんだけど」
　まじですか。
　ほんと、クレピスランドのペアチケットのことしか頭になかったよ。
「はーい。それではこれから、各学年でのペア決めを行いたいと思います。1年生は教室前方に、2年生は中央、3年生は後方に集まってください」
　運営委員の人の声がして、みんながぞろぞろと言われた通り移動する。
　ついにやってきてしまった、ペア決め。
「では、1年生の皆さん、女子から引いてください」
　担当の人にそう言われて、差し出された箱の中にひとりずつ手を入れる。
　女の子ふたり、改めて見るとすっごくかわいいな。
　ひとりはショートカットがよく似合う顔の小さい子。
　もうひとりはゆるっと巻かれたロングヘアが、ザ・女の子という感じ。
　そもそも私みたいなのがここにいていいのかも不安だ。

「私、２番っ」
「１番！」
　私も番号の書かれた紙を見る。
「えっと、３番……」
「はい、では次は男子」
　男子のトップバッターは水牧くん。
「「果歩くんどっち？」」
　女の子ふたりが彼に詰め寄ると、その長い指が番号の書かれた紙をこちらにも見えるように広げて見せた。
「俺、３番」
　え。
　そう言って、ペロッと出した舌。
　バチっと絡んだ視線。
　誰か、嘘だと言って。
「よろしくねー。美乃里ちゃん」

Chapter 2　最悪なファーストキス

　ガチャ。
「美乃里？」
　翌朝、部屋のドアが開く音がしてパパの声が部屋に響く。
「……」
「珍しいな。美乃里が起きてこないなんて」
　昨日は一睡(いっすい)もできなかった。
　ベッドから起き上がりたくない。
　学校に行きたくない。
　今までこんなことなかったのに。
「学校でなんかあったか？」
「……ううん」
　パパには言えない。余計(よけい)な心配かけたくないから。
「そう。弁当は作ったから」
「あっ、ごめん……」
「なんで謝るんだよ。こっちこそいつも美乃里に頼(たよ)ってばかりだからな」
　パパは、おじいちゃんの代から続いている定食屋(ていしょくや)さんを営(いとな)んでいて、いつも朝は仕込(しこ)みのために早く家を出て、帰りは23時を過ぎるというハードスケジュール。
　だからパパの身体(からだ)が心配だし、できるだけ迷惑(めいわく)をかけたくない。
「嫌な夢(ゆめ)見ただけだから。ごめんね」

「そっか、夢でよかったな」
　パパは「早く降りといで」と私の頭を優しくなでてから部屋を後にした。
　本当に夢なら、いいのに。
　ベッドの横に置いたスマホの画面に目をやれば、ちょうどさゆちゃんと萌ちゃんとのグループメッセージが起動(きどう)していた。
『おはよ！　アズコンのペア、誰となったのか教えてよ！美乃里！』
『今日はそれ聞きに学校に行くようなもんだから』
　とテンションの高いメッセージが届いている。
　……はぁ、夢じゃないらしい。

　重い足取りで教室に着けば、さゆちゃんたちに早速(さっそく)アズコンのペアについての話を振られて、朝からすでにクタクタ。さらに憂鬱(ゆううつ)になっていると。
「月本美乃里ちゃんいるー？」
　教室のドア付近(ふきん)から、聞き覚えのある声が飛んできた。
　その瞬間、教室中の女の子たちが一斉(いっせい)にざわつく。
　うっ……どうしよう……今すぐ帰りたい。

「美乃里ちゃん、なんでそんなにムスッとしてんの？　笑ったほうが絶対かわいいのに」
「……」
　こんなに言われてうれしくない『かわいい』は生まれて

初めてかも。

ここは空き教室。ただいま水牧くんと向かい合わせでアズコンに出すエントリーシートに記入中。

なんで朝からわざわざこんなもの書かなくちゃいけないんだろう。

ショートホームルームまであと数十分しかないのに。

「美乃里ちゃん、ペアが決まってすぐに出ていったからびっくりしたよ。みんなは昨日これ書いてるんだからね。ペアは一緒に提出しないといけないんだって」

「……」

めんどくさい……。

でもまあ、クレピスランドのあの高い入場料がふたり分タダになるというのなら、これぐらい……我慢我慢。

私は黙々と記入を続ける。

「ねぇ、美乃里ちゃん、さっきから俺しゃべってるんだけど、返事ぐらいしてくれない？」

「……あぁ、すみません」

「もう。まぁいいけど。てか、知ってる？　アズコンって１年がグランプリ取ったことないって」

「へー……」

この人なんでこんなにおしゃべりなんだろう。まぁ、ふたりとも沈黙してたら、それはそれで気まずいけど。

「へーって……。選ばれといてそれはないでしょ。なんでそんなに興味なさげなわけ？」

「別に……私はグランプリなんて取れなくてもいいので」

一瞬、あまりにもバカ正直に言い過ぎたかと思ったけど、時すでに遅し。

「はぁ？　何それ。やる気がないなら辞退すればよかったのに」

イラついたような水牧くんの声に、ビクッとした。

「それは……」

水牧くんの言ってることが正論なので、言い返すことができない。

そりゃ、私だって今すぐ辞退したいけど、それだと参加自体が無効になってしまう。

そうなったら、ペアチケットが。

今の私の行動は、アズコンの主催者に対しても、メンバーに対しても、彼らを応援している人たちにも、すごく失礼だということを改めて実感して反省する。

けど、今更引き返せないところまで来てしまっているのも事実だ。

「でもまぁ、今更、辞退なんて手遅れか。俺とペアになった以上、全力で優勝目指してもらうよ」

「え……」

何それ……。

水牧くんのセリフに思わず顔を上げる。

「俺の顔に泥塗ったら許さないから」

そう言ってニコッと笑った顔にムッとした。

「……私は、水牧くんとは優勝しないから」

呟くように、でも確実に彼に聞こえる声量で。

「はぁ？」
　すると、いつもヘラヘラした彼の目の色が変わった。
　でも、私は負けない。
　そんな目に怯（ひる）んでたまるか。
「わ、私、水牧くんみたいな人、嫌いだし」
　そういうと、彼の口角（こうかく）がニッと上がった。
「へー。俺の何を知っててそんなに嫌うの、美乃里ちゃん」
「そうやってすぐ人のこと気安く名前で呼ぶところとか、いろんな女の子にベタベタ触（さわ）るとこととか……」
「あー。なるほどね。ハハッ」
　何がおかしいのよ。
　笑う彼をキッと睨（にら）む。
「それってさ、俺のこと嫌いなんじゃなくて、うらやましいんだよ」
「はい？　そんなわけない……」
「あの日も、すげー顔真っ赤だったもんね」
「え」
　この人、まさか、入学式のこと覚えて……。
「美乃里ちゃんにも、あの時してあげればよかったね」
「意味わかんないっ！」
　何を言っているの、この人。
　最低最悪。
「よかったよー。桜（さくら）の木の下で熱いキス」
　聞きたくない聞きたくない。
　他人のそういう話なんて。

一時の快楽のためだけの、愛なんて微塵もない関係。

「先輩もすっごく上手くてさ？　朝から興奮――っ」

バシンッ。

気づけば、私は勢いよく席を立っていて。

目の前には頬を押さえている水牧くんの姿。

そして、私の右の手のひらがジンジンと熱くなっていた。

「……っ、バッカじゃないの！　教室戻るっ」

そう吐き捨てて、机に置かれたエントリーシートを持ってドアのほうへ歩き出そうとした瞬間。

不意に手首を強くつかまれて――。

「ちょっ、なにす――っ!!」

唇に、柔らかい何かが当たった。

視界は、目を閉じた水牧くんの顔でいっぱいで。

呆然と、立ち尽くすことしかできなかった。

何……今の。

甘い香りが広がって。

私から離れた水牧くんが、こちらをまっすぐ見て口を開いた。

「バカはそっちだろ」

それまでの彼から聞いたことない、低い声。

「わかってたなら、俺みたいなやつと簡単にふたりきりになっちゃだめだよ？」

またそのニヤリとした笑い方。

……嘘、嘘、嘘だ。

本当に心の底から大切な人と、いつか。

そう思っていたのに。
大事にしていたのに。
「じゃ、これ、俺がまとめて出しておくから。優勝目指してがんばろうね、美乃里ちゃん」
水牧くんは、私の手からスルリとシートを取り上げると、そう言ってそのまま空き教室を出ていった。

〈果歩side〉

クッッソ生意気(なまいき)。何、あの女。
「ってぇ」
強く引っ叩(ぱた)かれた頬に手を当てる。
保健室(ほけんしつ)で氷でももらってくればよかった。
全然痛みがおさまらない。
ゴリラかよ。顔はまぁまぁかわいいのに。
「天罰(てんばつ)だな。日頃の行いが悪いから」
「黙れ、泰生(やすき)」
高校に入ってつるむようになった菱田(ひしだ)泰生に、つい悪態(あくたい)をつく。
「けどほんと、ふはっ、果歩のこと殴(なぐ)る女の子っているんだな。いつかは刺(さ)されると思っていたけど。いいなあ、月本さん」
「俺のどこが日頃の行いが悪いんだよ。女の子とはいつも合意(ごうい)の上だし。俺ほどのジェントルマンを俺は知らないねぇ。つーかなにがいいわけ、泰生ドM(エム)か」
「はいはい、いつになくおしゃべりだねー」

「とにかく、俺は絶対に月本美乃里を許(ゆる)さねぇ」

　顔はかわいいのか知らないけど、あの性格はどうしようもない。

　なんでも知ってるみたいな、人のこと蔑(さげす)んだ顔して。

「あ、そう。許さないって具体的にどうすんの？　襲(おそ)うのは犯罪(はんざい)だぞ？」

「……んなことしねーよ」

　まじでそんな必要ねぇよ。

　女なんてちょっと優しくしたら簡単に落ちる。

　ああいうふうに気の強いフリしてる女の子が実際簡単(かんたん)とか、あるあるだし。

　たくさん遊んであげて、俺なしじゃダメになったところで、盛大(せいだい)に捨ててやるよ。

　なんて。

　鼻で笑っていたのに。

　その日の夜。

「はっ——？」

「……なんで、水牧くんがいるの？」

　どうしてこうなった。

　さかのぼること、２時間前——。

『もしもし、水牧くん？』

『はい、水牧です』

　あと10分でバイト上がりの時間。

そんな時に店長から連絡が入った。

『悪いけど、１時間延長お願いしていいかな。丸田さん、家の用事で遅れるらしくて』

『……そうなんですか。はい、大丈夫ですよ』

『よかった、助かるよ。それじゃよろしくね』

本当は舌打ちが出そうなくらいダルいと思ったけど。

なんで……こんな日に限って。

今回みたいにシフトが延長になったりするのは今日が初めてのことじゃない。

だけど、今日だけは、剛さんのところで飯を食いたかったんだ。

あいつ……月本美乃里のせいで久しぶりにイライラしていたから。

１時間後、俺は、交代の人が来た瞬間、できるだけすぐに店を出た。

定食屋『三日月』。

２年前の中２の頃から、その店の常連だ。

いつも夜はコンビニ飯かカップラーメンしか食べていなかった俺の、何年ぶりに食べたかわからない、人の作ったあったかい飯。

初めて『三日月』でご飯を食べた時の感動は今でも忘れられないし、俺の中での大切な思い出だ。

最近は体育の授業でも本気で走ったことなんてない俺が、今はダメ元で『三日月』を目指して走っている。

『三日月』が閉まるのは22時。

時刻は22時15分。
もう、とっくに過ぎている。
それなのに、バカみたいだけど、走る足を止められなくて。心のどこかで、まだワンチャンなにかの手違いで開いてたりするんじゃないかって謎の期待をして。
むしゃくしゃしてた。
剛さんの飯を食べて、嫌なことを忘れたかった。
あの人の作る料理を食べてる時だけは、美味しさで頭いっぱいになれて、余計なこと考えなくて済むから。
『はぁ……はぁ……』
お店の横にある四角い看板に目を向ける。
いつもは暖かい色で灯っているけれど、今は真っ暗。
何してんだろ……俺。
こういう時、いつもなら、しょうがないとコンビニで済ますのに。
今日だけ無性に必死で。
ダサい。
ははっ、そりゃそうだよな。
帰ろ……。
そう思って来た道を戻ろうとした瞬間。
『果歩くん？』
落ち着いた優しい声が俺を呼んだ。
まさかと思いながら、ふたたび『三日月』に目を向けると、お店の入り口の鍵を締めたばかりの剛さんがこちらを見ていた。

『三日月』の店主。剛さん。
今の俺の、親代わりのような、いや、さすがにそれはおこがましい。
唯一、心を許せる大人だ。
『あ、ごめんね！　お店、今閉めちゃって……』
『いや、こちらこそすみませんっ。閉店時間とっくに過ぎてるのわかってたんすけど……もしかしたらって思って』
どう考えても、営業時間に間に合わなかった俺が悪いのに、剛さんが謝るとか。
何余計なことさせてるんだ。
そう自分をなじる。
それでも、どうしても、剛さんの作る飯が食いたかったから。
でも、さすがに今日は諦めるしか──。
『果歩くん、今から時間大丈夫？』
『えっ？』
『よければ、うちにおいで』

そして、今に至る。
「もしかして、ふたりとも知り合い？」
目が合ったまま固まる俺たちを見て、剛さんがうれしそうに言う。
「……あっ、いや、その」
嘘だろ、待ってくれ。
なんで剛さんの家に、月本美乃里がいんの？

　というか、剛さんって名前しか知らなかったけど、苗字、月本だったの？
「果歩くんが高校生になったのは聞いてたけど、まさか美乃里と同じ学校だったとはね。ほら、いつも私服だから」
「……あぁ」
　バイト終わりの時間に制服姿だと、補導されたりとか何かとめんどくさいので、私服に着替えていたから。
　って、そんなことはどうでもよくて。
　俺たちはまだ互いに知り合いだと認めていないのに、剛さんにはもうそう見えているらしく、話を進めていく。
「改めまして、娘の美乃里だ。ふたりはクラスも同じなのかな？」
「いえ、クラスは別で……」
　まじで、剛さんの娘が美乃里ちゃんなわけ？
　てか、美乃里ちゃんも少しはなんか言えよ……。
　いや、余計なこと言われても困るけど。
　黙ったままこちらを凝視してる美乃里ちゃんは、もちろん、制服ではない。
　サクランボ柄のサテンのパジャマ姿。
　下はショートパンツで、むき出しの生脚が見えてすぐに目を逸らした。
　さすがに剛さんを横に、見れねぇ。
「そっか。美乃里の下に６歳の双子がいるんだけどね、さすがに今は寝ちゃってるけど。ふたりにも会わせたかったな……果歩くんイケメンだから里柚なんて絶対喜んだよ。

あ、なんなら果歩くん、今日うちに泊(と)まっていったら？明日土曜で学校休みでしょ」

は……い……？

あまりにも唐突(とうとつ)な剛さんの提案(ていあん)に言葉を失っていると、

「はいー？　ちょっとパパ!!　何言ってんの？」

横からすごい勢いで美乃里ちゃんが声を上げた。

双子……寝てるんじゃねぇのかよ。

そんなでけぇ声出して大丈夫か？　起きるぞ。

「何って……そんな大きな声出さなくても……」

「いい？　この人はねっ!!」

っ……まさかこいつ、俺に無理やりキスされたこと、剛さんにバラす気じゃ。

そう思って身構(みがま)えていると、目の前の彼女が口ごもって、咳払(せきばら)いをひとつした。

「……まぁ、その、とにかく、年頃の娘がいるのに、男の人泊めるっていくらなんでも！」

「ハハッ、安心しろ。果歩くんは大丈夫だから」

剛さんのその言葉に、胸(むね)の奥がじんわりと暖かくなって、同時に申(もう)し訳(わけ)ない気持ちがあふれる。

大丈夫って、剛さん、なんでそんなこと言えるんだろう。

「あの、ほんとに俺、帰りますんで。すみません、気を遣(つか)わせてしまって」

「え、なんで。すぐ作るから、そこ座ってて」

「はっ、ちょ、パパ!?」

「果歩くん、夕飯まだなんだよ。美乃里、お茶出してね。あ、その前に手洗うのに、洗面所に案内して」

「あの、剛さん、俺まじで大丈夫なんで、営業時間外に——」

正直、めちゃくちゃ腹は空いてる。

けど、ただの常連が、さすがにここまでお世話になるのは申し訳なさすぎる。

何よりも、あの月本美乃里の家だということが衝撃すぎてちょっと頭追いつかないし。美乃里ちゃんのいる空間で剛さんの飯を食うとか、まじどんな状況よ。

無理無理。頭の中ではそう思いながらも、腹は悲鳴をあげているのも事実で。

ザ・食べ盛りかよ。そう自分にツッコミを入れる。

キッチンに立った剛さんに必死に声をかけていると、腕をツンと小突かれた。

「ああなったら、パパ、聞かないから」

「……美乃里、ちゃん」

「来て」

「あぁ……」

んだこれ、すげぇ調子狂うじゃん。

「どういうこと？　なんで水牧くんとパパが？」

案内された洗面所でしぶしぶ手を洗っていると、俺のうしろに立つ美乃里ちゃんが、腕を組みながら鏡越しに俺を睨みつける。

やっぱり、かわいくねぇ。

本当にあの温厚な剛さんの娘なのかよ。

「俺も今初めて知ったから。正直驚きすぎてちょっと。ずっと、剛さんの店に通ってて……」
　今日あったことをザッと説明すると、美乃里ちゃんがため息をひとつついた。
「……そういうことだったんだ」
「ん。……あ、卵焼き」
「え？」
　変なタイミングであることを思い出して声が出た。
「いや、美乃里ちゃんの弁当に入ってた卵焼き、剛さんの作るのに似てるなって思ったんだよ」
　剛さんの卵焼きはスタンダードなものとは少し違って、卵といっしょに中に海苔(のり)が巻かれている。
　この間見た彼女の弁当にそれが入っていたから、不思議に思ってたんだ。
　今になって納得(なっとく)した。
　でもあれ、美乃里ちゃんが自分で作ったって言ってたよな……。父親があんなに料理がうまいと、やっぱり娘の彼女もそれを受け継(つ)いでいるのか？
「はぁ……わかった。まぁ、とりあえず、今日だけはアズコンのこと忘れるから」
　また聞こえたため息とだるそうなセリフ。
「忘れるって……」
「パパにとって、水牧くんは大事なお客さんだし。水牧くんの素行(そこう)の悪さは黙っててあげるよ。だから水牧くんも」
　あぁ、なるほどね。
「ん。今だけは忘れるよ。美乃里ちゃんが、俺のことぶったこと」

　グッと顔を近づけてそう言えば、

「うっ、いちいち距離が近いのよっ」

　一瞬で顔を赤く染めた。

　多分、今朝のことを思い出したんだろう。

「美乃里ちゃんが、いちいち赤くなるから。面白くて」

「ふんっ、ヘンタイ。タオル、横のそれ使って」

　彼女はそう言って、洗面所を出ていった。

　……歯向かうくせに、そんな顔すんなよ。

Chapter 3 「誘ってんの？」

ありえない。

なんでうちに水牧果歩がいるの。

聞いてないよ、水牧くんがパパのお店の常連なんて。

いや、どんなお客さんが出入りしているとか、そういうの細かく話すほうがおかしいけど。

けどさ……。

それがまさかの水牧くんって……。

そんな考えが頭の中をぐるぐる回る。

「はい、どうぞ」

リビングのソファに座ったまま、ダイニングテーブルをチラリと確認すれば、パパが特製(とくせい)ふわとろオムライスを彼の前に置いた。

「これっ……」

「うん。うちの店は和食ばっかだから、たまにはこういうのもいいかなって。あっ、ごめん、勝手に！　果歩くんオムライス大丈夫だった？　店と同じようなメニューがよかったかな」

なんで作った後に聞いちゃうかな……。

パパらしいっちゃ、パパらしいけどさ。

本当は今すぐ部屋に戻りたいけど、パパと水牧くんをふたりきりにして、もしどっちかが余計なことを言ったらって考えたら心配で。

なかなかソファから立つことができない。
「好きです、オムライス」
「そう、よかった」
ホッとしたようにそう言ったパパが、そのまま水牧くんの斜め向かいに腰を下ろす。
ていうかほんっと、水牧くん猫かぶりすぎじゃないの？
学校でのキャラと全然違うんだけど。
『です』『ます』とか言えるんだ。
敬語とかとは無縁の人かと思ってたよ。
「うまっ！　剛さん、これすっげぇうまいです。洋食もいけるんですか」
「ふはっ、お口に合ってよかったよ。果歩くんほんとうまそうに食ってくれるから作りがいあるんだよなぁ」
「めちゃくちゃうまいんで」
あれ。水牧くんってあんなに無邪気に笑うんだ。
いつもは計算されたような、作り込まれた笑顔って感じなのに。
なんていうか、今は、ゆるゆる。
私には不敵な笑みばっかり向けてくるくせに。
だから、ちょっと拍子抜けというか。
「ん？　美乃里ちゃんも食べる？」
ぼんやり見ていたら、目が合ってしまった。
「た、食べるわけないしっ」
「ハハ、仲いいんだな。ふたりとも」
のん気そうに言うパパ。

「ぜんっぜん仲よくないから！」
　パパの発言にすぐ反論すると、パパは水牧くんに「ごめんね」と眉尻(まゆじり)を下げて困ったように笑った。
　なんで、私が悪いみたいになっているのよ。
「果歩くん、布団(ふとん)で大丈夫？」
「あの、剛さんほんと、俺……」
「ベッドがよかった？」
　水牧くんは申し訳なさそうにしてるっていうのに、パパはぐいぐい。
「あ、いえ、布団でも全然、って、そうじゃなくて」
「ん。ならよかった！　食べたら、お風呂入っちゃってね。美乃里、後で布団敷(し)くの頼んだよ」
　んん？？
「は、私？　ちょっとパパ、強引すぎない？　水牧くんも困ってるよ！」
「このままこんな遅くに帰して、なんか事件とか事故に巻き込まれるほうがパパは困るね。果歩くんみたいなハンサムさんは特に」
　ハ、ハンサムって……、そういう問題かな。
　水牧くんは絶対大丈夫だよ。
　犯罪者予備軍(はんざいしゃよびぐん)みたいな人だし。
「ごめんね果歩くん。イチ大人としてきみの安全を最優先にしたいからさ。念のために。僕(ぼく)のわがままだ。いや、か？」
「……いえ。剛さんがそこまで言うなら」
　嘘でしょ。

そこは断ってよ……。

本当に、うちに泊まるっていうの？

ありえない。本当にありえない。

——スッ。

仕方なく和室に布団を敷いていると、静かに襖が開けられた。

「……なんか、悪ぃ」

そう言いながら部屋に入ってきたのは、うちの家のフェイスタオルを肩にかけて、最近パパに買ったばかりのグレーのスウェットに身を包んだ水牧くん。

パパが貸したんだろうけど!!

水牧くんのこと信頼しすぎでしょ、とちょっとイラッとする。

その髪はまだしっとりと濡れていて、普段学校で見る顔とはちょっと違った。

いつもより、やや子どもっぽいっていうか、無防備な感じでちょっとドキリとする。

「美乃里ちゃん、怒ってる？」

「当たり前でしょ」

怒ってるに決まっている。

人のファーストキスを無理やりに奪っておいて、挙句、そんなやつのために布団を敷いているのだから。

最悪な気分よ。

これ以上口を開いたら、本格的に「帰れ」とか、それ以

上のひどいことを言ってしまいそうだから、
　急いで部屋を出ようと襖に手をかけた。
「……ありがと。布団」
「っ……」
　背中にかけれられた声が、彼の口から聞いたことのないかすれた優しい声だったから、一瞬、誰の声だと思ったけど。ここにいるのは紛(まぎ)れもなく、私と水牧くんのふたりだけで。
　お礼とか、絶対言わなそうなのに。
　なんなのよ。ちょっと調子狂う。
「……別に」
　振り返らないままそれだけ呟いて、私は部屋を後にした。

　翌朝。午前５時。
　目が覚めてすぐ、いつものように一階へと降り、洗面所で顔を洗って歯を磨(みが)いて、キッチンへと急ぐ。
　毎日、朝早くから夜遅くまで働くパパに、ママの代わりとまではいかないけど、少しでも何かしたいと思って始めたお弁当作りは、もうかれこれ今年で４年目に突入した。
　慣(な)れるまで早起きは大変だったけど、今ではこの時間にスッと目が覚める。
　キッチンに着いて、リビングの奥にある閉められた襖にチラッと目をやって、昨晩のことが夢じゃないことを実感する。
　普段、和室の襖は全開で開けられている。けれど今日は綺麗に閉まっているから。

あの中で水牧果歩が寝てるんだ。

朝から憂鬱な気持ちになったけど、昨日の水牧くんのセリフがやけに頭から離れなくて。

『……ありがと』

どんな顔でそう言ったのかわからないけど。

あの声は、学校で見るチャラいプレイボーイな彼でも、私の唇を強引に塞いだ彼でも、パパと話す猫かぶりな彼でもなかったような、そんな気がした。

って、水牧くんのことなんてどうでもいいのよ。

一夜明けると、彼のことでいちいちイライラするのもバカバカしいとさえ思う。

冷静に。うん。早くパパのお弁当作りに取りかかろう。

――スッ。

いつものように午前6時に家を出るパパにお弁当を渡して、「果歩くんに優しくするんだぞ」なんて言葉を軽く聞き流して玄関で見送ってから少し経って。

キッチンで片づけをしていると、リビング奥の襖が開いた音がして目を向ける。

少し寝癖をつけた、学校では絶対見ることはできないであろう姿。

「……おはよ」

どんなに前日喧嘩しようが、おはようの挨拶は絶対にする。ママが元気だった頃から、それはうちの決まり。

だから、思わず水牧くんにも同じように声をかけてしまった。まあ、悪いことじゃないけれど。

昨日「別に」とだけ吐いて部屋を出た手前、ちょっと気まずい。

「……ん、はよ」

ちゃんと返してくれたことに少しホッとしてる自分がいて、なんだか変な感じ。

「歯ブラシ、使い捨てのが洗面台の引き出しにあるから」

「まじ？　助かる。ありがと」

そう言った水牧くんが、洗面所へと向かっていった。

ふーん。

意外と、ありがとうとかちゃんと言う人なんだな……。

いや、他人の家に世話になってる立場なんだから、お礼ぐらい言えて当然なんだけどね！

「剛さんは？」

双子たちの朝ごはんを作るためにボウルを取り出していると、洗面所から戻った水牧くんが横からスッと現れた。

寝癖が直っている。

「仕事」

「え、もう？」

「６時には出てくよ。仕込みとかあるし、市場に買い物行く時はもっと早く出るかな」

「それで、帰りは昨日ぐらい？」

「まぁ……」

「じゃあ、剛さんほとんど家にいなくない？」
「うん。そーだね。あ、冷蔵庫(れいぞうこ)から卵取って」
「あぁ……何個？」
「２個」
そう言うと、サッと冷蔵庫を開けた水牧くんが調理台に卵を置いてくれた。
「はい」
「そこに割って混(ま)ぜて」
「朝からすげぇこき使うじゃん」
泡(あわ)立て器で卵を溶(と)く水牧くんがボソッと言う。
「当たり前でしょ。人のうちにお世話になってるんだから、これぐらい手伝ってよ」
「あーい。美乃里ちゃんって、剛さんが休みの日も早く起きてんの？」
「チビたちは早起きだからね。みんな休みでも７時には起きてるかも」
「やば。７時って。俺、バイトない休みの日とか、12時ぐらいまで寝てるわ。起きててもずっとベッドで過ごしてるし。あ、別にベッドって変な意味じゃないよ」
「バカじゃないの。誰が変な意味だと思うのよ。あ、卵もういいよ。これ入れたらまた混ぜて」
そう言って、水牧くんの前にある溶き卵が入ったボウルにホットケーキミックスの粉を少しずつ入れていると。
「美乃里ちゃんさ、なんか警戒心(けいかいしん)薄れてない？」
「え……」

ちょうど粉を全部入れ終わり顔を上げると、思ったよりも至近(しきん)距離で、水牧くんと視線がぶつかった。

「近い。てか、すげー無防備」

「はぁ？」

「それ、胸開きすぎだし。足もめちゃくちゃ出てんじゃん。誘ってんの？」

あまりにも料理に集中していたせいで､忘れかけていた。

顔に熱が集まる。

今、私の隣にいる人物が、サイテー野郎(やろう)だってこと。

「まぁ、俺も寝起きだったからあれだけど。目覚めてくるとそういうセンサー、ガンガっ……いっった！」

ベラベラうるさいその口を黙らせるために、彼の腹部(ふくぶ)を強く突く。

「……いってぇ、みぞおち入った。すぐ殴んのな、ほんと。かわいくねー」

「ほんとサイテイ。キライ」

ほんとに無理。

信じられない。この男。

「ふーん、キライ、ねぇ。俺が縛(しば)ってあげようか。しつけのなってないその手」

「人の話ちゃんと聞いてた？　全然話噛(か)み合ってないんだけど」

一瞬のことだった。

いきなり、目の前に影ができたかと思うと、肩に手を置かれてそのまま身体を軽く押されて。

背中がトンっと冷蔵庫に触れた。

「ね、美乃里ちゃん」

グッと彼の顔が近づいて、首筋に彼の息がわざとらしくかかる。

「ちょ、離れてっ」

「嫌って言ったら？」

背筋がなぞられるような、ゾクゾクした感覚に襲われた瞬間。

「おにいちゃんだれー？」

「……っ!!」

寝起きのかわいらしい声がした。

瞬時に水牧くんが私から飛びのく。

「お、おはよう、柚巳。えっと」

見るとそこには、ふわぁっと大きなあくびをしている柚巳と、柚巳の手を握(にぎ)った里柚が目を半開きにして眠(ねむ)そうに立っていた。

……か、かわいい。朝からなんて天使なんだ。

って、双子に見惚(みと)れている場合じゃなくて。

「あ、こっちはお姉ちゃんと同じ学校の水牧果歩くん。昨日から泊まりに来てるの」

「かほくん？」

「そ、そう」

さっきの水牧くんとの距離の近さに、双子を目の前にしてもまだ動揺(どうよう)がおさまらないでいると、水牧くんが先に動いて、ふたりの目線に合わせるようにしゃがみ込んだ。

「水牧果歩って言います。よろしくね、柚巳くん、里柚ちゃん。俺のことは果歩って呼んで」

そう言って、柚巳に手を差し出す。

えぇ……意外すぎた。水牧くんが、子どもにこんなふうに優しく接することができるなんて。

小さい子とか絶対扱(あつか)い方わからないって言って、関わらないタイプだと思ってたよ。

「果歩、おねえちゃんとおんなじ16さい？」

「うん。そーだよ」

「じゃあ、果歩にぃだ。果歩、おれのにーちゃんだ！」

「うん」

いや、うんって!!

こんなのが兄とか超絶危険(きけん)なんですけど!!

心の中で呟く。

「柚巳、水牧くんは柚巳のお兄ちゃんじゃ……」

「いいじゃん」

「へっ？」

私のことを見上げた水牧くんが、ちょっと楽しそうに口角を上げた。

「ここではおれ、柚巳くんの兄貴(あにき)でいいよ」

「兄貴でいいって……」

なんでそんな……うれしそうに言うわけ。

「果歩くん、とってもかっこいいね。ライオン組のレンくんよりかっこいい」

面食(めんく)いの里柚は、水牧くんの姿を見て完全に目を覚ましたみたい。

顔をピンクに染めて言う妹に、心の中でため息が出る。

そんな男、ほめるんじゃないよ。

彼女が将来(しょうらい)、変な男に捕まらないように今からしっかり見張ってなくちゃ。

水牧果歩がかっこいいなんて、見る目がなさすぎる。

「えーうれしいーありがとうー。里柚ちゃんもすっごくかわいいよ」

チャラ。6歳児相手にもチャラいってどういうことよ。

午前8時。

双子と水牧くんと4人でダイニングテーブルを囲んで朝ごはんのホットケーキを食べる。

なにこの状況。

あの水牧くんと、しかも自分の家で、朝食を共にするなんて。

でも……それからというもの、双子たちはすこぶる水牧くんのことを気に入って離れなくて。

お昼が過ぎても、3人でずっとリビングで遊んでいた。

ずっと子どもの遊びにつきあわせるのも申し訳ないって思ったりもしたけど、里柚と柚巳と遊ぶ水牧くんが、あまりにも自然体で楽しそうにしていたから、声をかけられなくて。

正直、私は私で、たまっていた家事をこなすのに、すごく助かって。

柚巳も、私や里柚と違って同性の兄弟がいないから、水牧くんといて楽しそうで、その顔を見てこっちまでうれしくなった。

パパは家にいることが少なくて、なかなか遊んでもらえていないから。

水牧くんにべったりの柚巳を見て、姉としては、ちょっと胸がギュッと締めつけられるけど。

水牧くんのこと、一刻も早く帰ってほしいとか、やっぱり嫌いだと思っていたけど、こうやって双子の遊び相手になってくれるのは内心すごくありがたくて。

でもずっとこうしているわけにはいかないし、さすがに。

「あの、水牧くん、時間、大丈夫？　そろそろ帰ったほうが」

リビングで３人固まってワイワイ楽しそうにしているところに声をかける。

「あっ、うん。そろそろ行こうかな」

「え――――っ」

リビングの壁にかけられた時計を見て水牧くんが立ち上がろうとすると、柚巳があからさまに駄々をこねた。

まずい。

「果歩にぃ、今日はおれと一緒に寝るんだよ！」

「そーだよ、里柚たちの部屋で寝るんだよ。お風呂も一緒に入るの！」

と、里柚まで参戦する。

うう……。

これはめちゃくちゃ厄介なやつだ。

駄々をこねだすと、ふたりは一緒に泣き叫ぶという戦法を必ず使ってくるから。
泣き声、叫び声、共に二倍で、時にそれが長時間となるとノイローゼになりそうになる。
恐怖だけど、今回ばかりはいたしかたない。
甘やかすわけにはいかない。
厳しく教えなきゃ。
思い通りにいかないこともあるって。
我慢も時には必要だって。
「だ——めっ！　水牧くんだって忙しいの！　わかったらはい、水牧くんから離れて」
「「い———やっ」」
おのれ……こんな時、普段はあんなにかわいいふたりが妖怪ワガママ双子に見える。
「嫌、じゃないの。ほら、そこから降りて」
水牧くんの膝の上に座るふたりを引きはがそうとしてもまったく動こうとしない。
「ごめんね？　里柚ちゃん、柚巳くん。また絶対遊びにくるからさ」
さすがの水牧くんも困った顔をしている。
「またじゃない！　今日！」
「あ、そう。だったらもういい。来週のキャンプはなしです」
「え……いやだ！」
「里柚もキャンプ行く！」
「そーだよね。ふたりともテント入るの楽しみにしてたもんね。でもダメ。もうダメ。キャンプには行きません！」
「うっ、ふえ、おねーちゃんのバカー!!」
「バカー!!」
　泣きたいのはこっちだよ。
　最悪だ。
　こんなところ水牧くんにさらしてしまって。
「ちょっと、美乃里ちゃん」
「水牧くん、帰っていいから」
「でも……」
「……早く帰ってよ！」
　完全にこれは八つ当たりだ。
　イラついて思わず出てしまった私の大きな声に双子がびっくりして、さらにその泣き声が大きくなる。
　……なんでこうなるかな。昨日からの展開についていけない自分に落ち込んでしまう、そんな時だった。
「そのキャンプ、俺も行っていい？」
「へっ……？」
　水牧くんの落ち着いた声に、双子もピタッと泣き止んだ。
　……今、なんて？
「今日は俺、帰っちゃうけど、そのキャンプでまたふたりと遊べないかな？」
　何、それ……。
　でも、水牧くんの提案に、ふたりの顔がみるみる明るくなっていく。
「うん……っ、ぐ、行きだいっ、果歩にぃとキャンプっ」

「柚巳……」

涙(なみだ)でびちゃびちゃな顔を雑(ざつ)に服の袖でぬぐいながら、柚巳が水牧くんの膝から立ち上がった。

「果歩にぃとキャンプ行きたいっっ!!　今日はがまんするからっ、ね、おねーちゃんっ」

「里柚も、里柚もがまんするっ！　だから、果歩くんとキャンプ行くっ」

続いて里柚も立ち上がって目に涙を溜(た)めながら言うから、こっちまで泣きそうになる。

姉である私の言うことは聞かないのに、彼の言うことは一発なんだもん。

どんだけ水牧くんのこと気に入ったのよ。

「うん。ふたりともえらいね。本当にありがとう」

水牧くんがふたりを同時に抱きしめてそう言った。

「ごめんなさい、騒(さわ)がしくして。時間大丈夫？」

「ん。バイト夕方からだから」

「そっか。ほんと、ごめん……」

玄関の外で、水牧くんに何度も謝る。

相手はキライな人とはいえ、双子のせいで困らせてしまったのは事実だから。

「美乃里ちゃんが俺に謝るとか、違和感(いわかん)がすごいから、やめてよ」

「ちょっと」

雑に頭をなでられて、慌(あわ)ててその手を払う。

「安心してよ。別に本気でキャンプ行こうとか思ってないから」
「えっ……」
　予想外のセリフに思わず声が出てしまった。
「さっきはその場しのぎで言っただけだよ。まぁ、成功したからよかったものの」
　でも……。それだと、双子は……水牧くんのこと嘘つきだって思っちゃうかも。
「そのほうが、美乃里ちゃんも好都合でしょ。俺があのふたりに嫌われたほうが」
　まるで、私の心の中を見透かしたみたいに、水牧くんがそう言った。
「うん……まぁ、そうだね」
　そう、そのほうがいいに決まってる。
　彼の言う通り。私はこれ以上、彼と関わるのは嫌だ。
「じゃ、剛さんによろしく言っといて」
「うん……」
　モヤモヤする。
　胸のあたりが、すごく。
　これじゃダメだって、なんか、身体が言ってる。
　自分の中の細胞たちがうるさい。
「美乃里ちゃんの焼いたホットケーキも美味しかったよ。また作って」
「えっ」
「なんてね。うそうそ。昨日から、色々ありがと」

そう言って振り返って背を向けたまま、手のひらをひらひらしてみせた彼が歩き出す。

……キライだけど。こんなの、多分違う。

「……っ、き、来てよ!!」

「え……？」

私の声に、彼の足が止まって再びこちらを向いた。

「キャンプ。勘違(かんちが)いしないでよ。ふたりの、柚巳と里柚のためだから」

「……」

「今日のこと、私の注意の仕方にも問題あった、と思う。そもそも私の弟たちのわがままが原因で、だから」

自分でも、何を言いたいのかわからない。

ただ、双子が水牧くんを嫌いになるのはなんか違う。だから……。

「要約すると、美乃里ちゃんが俺のこと好きになっちゃったってことでオーケー？」

はぁ？？

人がせっかく……。

「……やっぱ嘘。全部忘れて。来ないで」

「あー、冗談冗談！　そんなすぐカッカすんなよ。美乃里ちゃんは？　俺がいていいわけ？　キャンプ、楽しめる？」

「……嫌だけど。ふたりが泣くよりマシ」

「ふはぁ、優しいね。美乃里おねーちゃん」

いちいち人のことをバカにしたような言い方、するんだから。

ほんと、嫌い。

「調子乗らないでよね！　さようならっ」

「はーい。バイバイ。また学校でね」

「ふんっ」

——バタンッ。

ニヤついた声を無視(むし)して、玄関の扉(とびら)を閉めた。

Chapter 4　星空の下、ふたりきり

〈果歩side〉

「いや、まじどんな急展開よ」

「こっちが聞きてぇ」

「しかも、一緒に川にキャンプに行くって何。なんでそうなんの。俺も行きたい」

　週明け、美乃里ちゃんが、実はずっとお世話になっていた定食屋の娘だったことを泰生に話したら、すごい爆笑(ばくしょう)されたので、やっぱり話すんじゃなかったと後悔(こうかい)する。

「でもまさか、月本さんが、果歩が慕(した)っている剛さんの娘だったとはな。世の中って狭(せま)いな。あんなに許さねぇって宣戦布告(せんせんふこく)しといて……わろた、ムリ」

「次笑ったらコロス」

「こわ。てか、果歩、大丈夫なの」

「んー、まぁ、美乃里ちゃんは俺のこと剛さんにチクったりできねーよ。多分」

　父親に余計な心配かけられないっていうのが、きっと今の美乃里ちゃんの一番の考えだ。

　それはずっと、『三日月』に通っていくなかで、時々剛さんが彼女のことを口にしていたから、なんとなく察(さっ)することができる。

　面倒(めんどう)見がよくて、でも素直(すなお)じゃなくて。強がり。

　剛さんは、娘さんのことをよくそう話していた。

それが美乃里ちゃんのことだって知ったのは、3日前のことだけど。

だから、美乃里ちゃんは意地でも俺にされたことを剛さんにチクったりなんかできないと思う。

彼女のプライドが許さないだろう。

「そうじゃなくて」

「はぁ？」

泰生のセリフに眉を寄せる。

「剛さんの娘だって知った以上、傷つけられなくて動けなくなるのは果歩のほうじゃん。降参しなくて平気？」

「何言ってんの」

バカじゃね。

俺が降参とか。

「その顔は、図星だねー」

「まじで黙れ」

「面白くなってきた」

泰生はケラケラ笑った。

「俺、本当に来てよかったんすかね」

「果歩くん、何回それ聞くの。むしろ心強いよ。僕と美乃里だけであの双子は手に負えないからね。ふたりともほんっとに果歩くんのこと大好きで、めちゃくちゃ楽しみにしてたんだから」

数日後。月本家のキャンプに参加する日はあっという間にやってきた。

今は月本宅で剛さんのミニバンにキャンプ用の荷物(にもつ)をみんなで積み込んでいるところ。
『来てよ』
美乃里ちゃんにそう言われたあの日から、いつものようにバイト終わりに『三日月』に寄れば、剛さんにも早速キャンプの話が伝わっていたらしく、
『絶対来てほしい』
『男手足りなくて不安だったんだ』
なんて言われて、完全に参加する流れになっていった。
元はといえば、俺が勝手に提案して招(まね)いたことなのだけど。剛さん、優しい言葉しかかけないけど、本当に大丈夫なのか。
そもそも、年頃の娘の近くにいる同世代の男なんて、娘を持つ父親からしたら最も嫌がられる対象(たいしょう)なんじゃ。
俺が、剛さんの客であるせいで無理しているんじゃないかって思う。
「はい、果歩にぃ！」
うおっ!?
ぐるぐると頭で考えながら車のトランクにキャンプ道具を乗せていたら、かわいい声が聞こえた。
声のするほうへ視線を向ければ、柚巳くんが俺に、スティック型のスナック菓子(がし)を差し出していた。
「わー柚巳くん、ありがとう」
ちょうど荷物を持っていて手が離せなかったので、少し柚巳くんのほうへ顔を近づけたら、俺の口にお菓子を入れ

てくれた。
「ん！　美味しい！」
「へへっ！」
「あれ？　柚巳、パパにはくれないのか？」
　剛さんがうらやましそうに尋（たず）ねる。
「んーパパはさいきんお腹出てきてるからダメだって、おねーちゃんが」
「うっ、まじですか」
　ふたりの仲睦（むつ）まじいやりとりに自然と笑みがこぼれる。
　まさか、ほんとうに剛さんの家族とキャンプに行くことになるなんてな。
　実を言うと、キャンプなんて今まで一回も行ったことなかったから、参加するかもしれないってなったその日に、急いでスマホで持ち物なんかを調べた。
　こんなこと恥（は）ずかしくて誰にも言えないけど。
「あれ……」
　目の前を横切るふんわりと揺（ゆ）れた髪に、思わず声が出た。
「なに」
　ギッと明らかに嫌そうな目つきが向けられる。
「あ、いや、髪……」
「え？」
　この間泊まった日も美乃里ちゃんは髪を結（むす）んでいたけど、あの時は下のほうで簡単にまとめただけだったから。
「いいね。かわいい」
「はい？」

ポニーテール。

美乃里ちゃんにあまりにも似合っていたからつい。

自分でも意味がわかんねぇ。

女の子の小さな変化、ネイルとかヘアカラーとか、そういうのに気づいてあげるのは、ずっと心がけてたこと。

けど、そんなの美乃里ちゃんには逆効果だっていうことに今気づいた。

認めたくないけど、髪を上げているほうが、大きな目がさらに強調されて、かわいい。

力(ちから)はゴリラだけど。

まぁ、俺に限らず、ポニーテールっていうのは男のロマンだから。うん。

「里柚もおねえちゃんと同じ髪がいい！」

俺たちのやりとりをしっかり見ていたらしい里柚ちゃんが、耳の下でふたつに分けて結んだ髪を揺らして言った。

まずい。

「里柚、今日ふたつ結びがいいって言ってたじゃん」

「ううん！　里柚もおねえちゃんと一緒にする！　里柚もかわいくするっ」

……やっちまった。

俺の発言のせいで、また美乃里ちゃんの仕事を増やしてしまった。

やばっ……っと思っていたら、案(あん)の定(じょう)、ものすごい目つきで睨まれた。

「ごめん」

「水牧くんのバカ……」
　呆れたように呟いた彼女は、里柚ちゃんと共に家の中に戻ってしまった。
　きっと、俺がからかって、普段女の子たちに声をかけるような感覚でそう言ったと思っているのだろう。
　てかまじで、俺が一番びっくりしてるから。
　あんなに無意識に近い素で、本能的に、女の子の髪にときめくとか。
　まぁ、あの子、顔はいいから。顔は。
　中身は完全に馬鹿力ゴリラ。
　頬を叩かれた日のことを思い出す。
　俺のことあんなふうに睨むし。
　やっぱり、かわいくない。
　そう何度も自分に言い聞かせた。

　剛さんの車にみんなで乗り込み、１時間半。
　キャンプのできる川へと到着した。
「わー、いいところだねー！」
　車を降りた美乃里ちゃんのポニーテールが風で揺れて、トクンと心臓が鳴る。
「里柚と柚巳はふたりだけで遠くに行っちゃダメだからね。ルールを守れなかったらすぐに帰るから」
　剛さんの言葉に双子が息ぴったりに元気よく「はーい」と返事をして。
「早速、テント設営と昼飯の準備だね。果歩くん、お手伝いよろしくお願いします」
「はいっ」
　こうして、剛さんと俺の共同作業が始まった。
　俺たちがテントを組み立てている間、横では美乃里ちゃんと双子たちが昼食の準備を始めていて、それを見ているだけで、今まで味わったことないあったかさが胸に広がっていく。
　家族……か。

「よーし！　完成！」
「はいっ」
　でき上がったテントに剛さんとふたりで入って、ちょっと休憩。
　思ったよりも、快適だ。
　初めて組み立てたにしては時間もかかりすぎず、うまくできたと思う。
「いやぁ、果歩くんいなかったら夜になっても終わってなかったよ。ほんと、ありがとうね。やっぱり若いって違うなー。とっても頼りになる」
「剛さん、大げさっすよ」
「全然。けっこう真剣に、婿に来てほしいよ」
「なっ……」
　婿って、いくらなんでも……。
「美乃里が聞いたら恥ずかしがって怒るから、これね。照れ屋なんだよね、あの子」

なんて言いながら口に人差し指を当てた剛さん。

照れ屋とかの問題じゃなくて、シンプルに俺のことすげぇ嫌いだから怒るんすよ。

それに、冗談でも、大事な娘とこんな俺とどうにかなんて。剛さん、人がよすぎる。

俺のそんなモヤモヤを知らない剛さんは、のん気に話を進める。

「どーなの、果歩くん。そこんところ。彼女とか。めちゃくちゃモテるでしょ？」

「や一、何言ってるんですか。全然ダメっすよ。俺みたいなのは」

一時的な快楽を得ることだけに頭を使うことで、いろんなこと見て見ぬふりしてる俺には、誰かを愛するとか愛されるとか、似合わない。

月本家を見てそれをさらに実感した。

俺には絶対、作れない絆。

「剛さんは、すごいっすよね。家族すげぇ大事にしてて」

奥さんが亡くなっても、ずっと一途に思ってる。時々、お店でも奥さんの話をしてくれていた。

きっと元々持ってる素質が違いすぎる。

「どーだろうな。今の僕は、美乃里にたくさん負担かけすぎちゃってるし。双子との時間もあんまり取れてない。何よりも一番大切だって思っているけれど、それがあの子たちに伝わっているかは自信ないよ」

「剛さん……」

　剛さんほどの人が自信ないとか言ったら、他の連中みんなダメじゃん。
「時間取るのが難しいのは、剛さんの仕事が忙しいからじゃないですか。でも、その仕事だって家族を養うためだから。それは美乃里ちゃんにちゃんと伝わってると思います。だからあんなに早起きして、弁当作り続けられるんですよ。剛さんも美乃里ちゃんも、お互いのこと思い合ってよくやってると思います。今日だって、剛さんせっかくの休みなのに、里柚ちゃんと柚巳くん喜ばせるためにこうして時間取っているから」
　家族にだけじゃない。剛さんは、俺のような常連客にだっていつだって気さくに親身に接してくれる。
　料理がすげぇ美味しいのはもちろんだけど、剛さんの人柄がさらに店をよくしてる。
「……ん。……あー、ダメだな。涙腺ゆるゆる。僕も歳だなぁ。娘とガッツリ同い年の子に、そんなこと言われちゃったらさあ？」
　顔を背けた剛さんが、笑いながら言うけど、鼻をすする音が聞こえて。
　心なしか声も若干震えている気がした。
「ありがとうね。果歩くん。すっごい元気になった！」
　剛さんはそう言ってテントを出ようと身体を浮かせて、俺にその大きな背中を見せながらふたたび口を開いた。
「さっき果歩くん『俺みたいなの』って言ったけどさ、今の言葉、人にかけれられるってすごいことだよ。果歩くんは、好きになった人をちゃんと大切にできる男だと思う。本当だよ」

「剛さん……」

「すぐにとはいかないかもしれないけど、果歩くんがいつか本当に、大切な、失いたくないって思う人ができた時、少しは気持ちが変わると思うよ」

　なんでそう、この人は。

　俺の全部を知ってるみたいに寄り添った言葉をかけてくれるんだろう。

　初めてお店に行った時もそうだった。

『我慢、しなくていいよ』

　あの日を思い出して、目頭を熱くしていると、

「ちょっとふたりとも！　なにヒソヒソ話してるの！　時間ないよ！　次、火の準備」

　雑に勢いよくテントの入り口が美乃里ちゃんによって開けられた。

「はーい！　……ふはっ、本当、美乃里はママにどんどん似てくるなぁ……。よし、行こっか果歩くん」

　そう言う剛さんの横顔がとても愛おしそうで。

「はい」

　俺はそう返事をして、剛さんと一緒にテントを出た。

　テント設営が終わってすぐ、全員で剛さんお手製の鉄板焼きそばと焼肉を食べた後、俺が事前に準備して持ってきた水鉄砲のおもちゃを使って水遊びが始まった。

子ども相手だし、と手を抜いていたのに、柚巳くんは容赦なく俺の顔面ばかり狙ってくるから、子どもって怖い。

しかもめちゃくちゃコツつかんで俺よりうまいし。

子どもの吸収力恐ろしい。

「わ！　サンダルが……！」

柚巳くんと男同士の戦いをしていたら、里柚ちゃんの声が耳に届いて、そこに目を向けると、サンダルを足の片方しか履いていない里柚ちゃんが、不安そうな顔をしながら川のほうを見ていた。

すぐにその視線の先を追えば、浅い川をゆらゆらと流れるピンク色の物体を、美乃里ちゃんが追いかけていた。

明らかにぎこちなさすぎる動きに、嫌な予感がした。

「よし！　取れた！　取れたよ里柚！」

はしゃいでサンダルを掲げる美乃里ちゃん。

なんとか取れたみたいで内心ホッとした瞬間。

「……わっっ!!」

「危なっ――――!!」

バッッッシャンッッ。

やっぱり……。

急いでパシャパシャと音を立てて歩きながら、川の中に座り込んでいる彼女の前に立つ。

「美乃里ちゃん、運動苦手なの？」

「はっ、なんで。べつに」

俺を見上げた彼女の上目遣い。

正しくは、安定して睨みを効かせた上目遣いなのだけど。

「追いかけてる時の歩き方、びっくりするぐらい変だったから。一瞬、川の妖怪かと思った」
ちょっとからかってそう言うと、みるみるうちに赤くなるその顔がおかしい。りんごじゃん。
「ほら、手」
かわいそうだから助けてあげる。
お尻びしょ濡れでしょ。
嫌いなやつの手を借りるってどんな気分よ。
ちょっと意地悪な気持ちがもたげてきて、そう心の中で笑いながら手を出したら。
「はっ!?」
こちらが力を入れるよりも先に、彼女に強い力で手首を引っ張られた。
嘘だろ――。
全身が前のめりになって。
「ちょっ……!!」
このままじゃ目の前にいる美乃里ちゃんのほうに倒れてしまう、そう思って瞬時に彼女を避けるようにしたら重心が右に一気に傾いて。
バッッシャンッッ!!
あっという間に盛大に全身が濡れた。
つっっっめた。
「……ふふっ」
隣から聞こえた漏れ出てる笑い声。
尻もちだけで済んだ美乃里ちゃんより、俺のほうが濡れてるってなに。
　助けてあげようとしたんだけど。
　人の親切をなんだと……。
「今のわざとだよな」
「……やっ、その」
　肩が震えてる。笑いすぎ。
「美乃里ちゃん」
「まさか、そんな盛大に転ぶとは思わなくてっ、ふはっ」
　はぁ？
　てめぇを避けたからこうなってんだよ!!
　そう怒鳴ってやろうと声を出そうとした瞬間、
「わー！　おねえちゃんと果歩にぃ、ふたりそろってびしょ濡れだー！」
　と柚巳くんの軽快な声が聞こえた。
　その言葉に毒気を抜かれて、思わず自分でも笑ってしまう。それにつられて柚巳くんがさらに歓声を上げて、無事にサンダルが戻ってきた里柚ちゃんもクククッと肩を揺らして笑う。
　川辺に笑い声が響いた。
「人の善意を……」
　ひとしきり笑って、立ち上がって歩きながらそう呟くと、
「……ごめんって。……あり、がと」
　同じように立ち上がって俺の後ろを歩いていた美乃里ちゃんが、ボソッと言った。
「何？　全然聞こえなかった」

しっかり聞こえたけど。

やっぱり、いちいちつっかかってしまう俺がいる。

振り返って、わざとグッと顔を近づけてそう言えば、美乃里ちゃんがあからさまに俺から距離を取った。

手で口元を押さえて。

何、その反応。

「……またキスされるとでも思った？」

「なっ……」

「安心して。柚巳くんたちの前でそんなことしないから」

「当たり前でしょ！　アホッ！」

「ちょっ！」

ムッとした顔で美乃里ちゃんが俺の肩をバシンッと勢いよく叩く。

アホって……。

あんな顔する美乃里ちゃんが悪いんじゃん。

からかいたくなるって。

〈美乃里side〉

パパはあいつのどこがそんなにいいんだろう。

そりゃあ、さっきもパパの作った特製焼きそばをとっても美味しそうに食べていた。

そのおかげで、ピーマン嫌いだった柚巳が、焼きそばに入っていたピーマンを食べて克服（こくふく）しちゃったし。

本当に双子の『いいお兄ちゃん』になっていて、なんだかイヤな感じ。

姉は私なんですけどねっ!!

川で水遊びをしてる双子とそれにつきあう水牧くんを、テント側から眺(なが)めながらため息をつく。

これって、嫉妬(しっと)なのかなあ？

やっぱり『来て』なんて言わなきゃよかった。

「本当にいい子だね、果歩くん」

ふて腐(くさ)れていると、後ろからそんなパパの声がした。

「別に普通でしょ」

パパのお客さんである以上、あんまり悪くは言えない。

「今時いないよあんないい子。美乃里のことほめてたし」

「……え？」

「パパのためにいつも朝早起きして弁当作ってること、よくやってるって」

パパの前だからいい顔しているだけだよ。

「だから、仲よくしてくれるとうれしいな。パパは」

「常連客ってだけで、そんなに構うもの？」

パパのお店にずっと通っている人なんか、水牧くん以外にもたくさんいるはず。

実際、パパと一緒に外に出かけている時に、長いことお店に来てくれているお客さんにばったり会って、声をかけられたことだってある。

でもなんか、水牧くんだけ異常な気がするよ。

「……果歩くんは、ちょっと特別なお客さんだからね」

「特別？」

「うん。でもそれはまだ美乃里に話せないかな。パパと果歩くんふたりの、男同士の秘密(ひみつ)っていうのかな」
「なにそれ……」
「でも、もしかしたら果歩くん本人の口から美乃里に話す日が来るかもね」
　パパは「じゃあパパちょっとお昼寝するから、柚巳たちのこと果歩くんとよろしくね」と言って、テントの中へと入っていった。
　男同士の秘密って……何よ。

「……ん」
　みんなが寝静まった深夜。
　テントの中でムクッと身体を起こしてスマホの時間を確認すると、時刻は午前１時を回っていた。
　トイレ行きたい……。
　私の横に並んでスヤスヤと寝息(ねいき)を立てている双子を見て、自然と頬が緩む。
　昼間はあんなにうるさくて、わがまま言う時は怪物に見えることがあるけど。
　やっぱりかわいい。
　そして、そんな彼らの隣には、……水牧くんが寝ている。
　本当は、男子組、女子組でテントを分けるはずだったけど、里柚がどうしても果歩くんと寝たいとうるさくて。
　それは柚巳も同じで。
　パパが、それなら若者同士わいわいしながら寝たらいいなんて言い出すから。パパ、絶対自分ひとりでテントをのびのびと使いたかったのもあると思う。
　だから、なぜか水牧くんも同じテントに寝ることになって。でもまぁ、水牧くんはやっぱり子どもをあやすのが上手で、里柚と柚巳があっという間に寝てくれたのはありがたくて。
　本人にそんなこと言わないけどね。
　テントから出て、数十メートル離れた場所にあるお手洗いに向かう。
　その隣にはシャワー室、自販機も充実しているから、だいぶ明るい。
「わー、夜は思ったより冷えるな……」
　トイレから出て身体がブルッと震えて、腕を組むようにしながらテントへと戻る。
　ん？　テントに近づくと、外のキャンプ用の椅子に誰かが腰かけているのが見えた。
「……み、水牧くん？」
　うす暗い中、小さなランプだけを灯して座っていたのは紛れもない、さっきまで同じテントで寝ていた水牧くんだ。
　こんな時間に何してるの。
「おはよー」
「……いや、何してるの」
　全然おはようの時間じゃないんだけど。
　もしかして、水牧くんもトイレとか？
「美乃里ちゃんが出ていく音がしたから。ちょっと心配で。女の子ひとりで夜歩くのは危険だよ？」

「何それ」

水牧くんと一緒にいるほうが断然危なくて心配なんだけど、と反射的に思ったけれど。

私が物音立ててしまったから水牧くんが起きちゃったってことだよね。

それはちょっと悪いことしたかも。なんて思っていたら。

「見て」

突然そう言って座ったまま夜空を仰いだ水牧くん。

言われた通り、同じように私も顔を上げると。

「わぁ……！」

思わず声が出ちゃうくらい、すごい量の星が濃紺の空にキラキラと輝いていた。

こんな満天の星。

今まで生きてきて、初めて見た。

「綺麗……」

「なんかこれ見てたら目冴えちゃって」

「……うん」

嫌いなはずの彼のセリフに共感しちゃうぐらいの、息を呑む景色だった。

これは、しっかり目に焼きつけておこうって思う。

どんなに性能のいいカメラでも、今、私が肉眼で見ているほど美しくは写せないだろうから。

「座ったら？」

水牧くんの声に、素直に隣に腰かける。

この絶景を、もう少し見ておきたくて。

川の周りに生い茂る木々の葉が、星空の端でゆさゆさと揺れていて。

こんな素敵なものが見られるんだったら、星座とか少しでも勉強しておけばよかったな。

空を見上げたままぼーっとそんなことを考えていると、冷えた身体がふわっと暖かいぬくもりに包まれた。

「……えっ」

ほんのり甘い香りのする一枚のパーカーが私の肩にかけられている。

これって……。

驚いたまま彼に視線を移せば、チラッとこちらに向けられた瞳と目が合った。

「……いいのにっ」

「ならそんな寒そうにすんな」

そう言われて、自分がずっと腕組みしたままだったことに気がつく。

「ごめん。あり、がと……」

「ん。女の子はとくに、身体冷やしちゃいけないしね」

女の子。

まるでその扱い方をわかっていると言いたげなそのセリフに、モヤっとする。

親切にしてもらったことに対してありがたいって気持ちはあるけれど、こういう、女の子慣れしてるようなひとつひとつの言動が、彼を危険だって思わせるんだ。

でもまさか、私にもこんなふうにするなんてちょっと意

外。お昼に手を貸そうとしてくれた時も。
「なんか、水牧くんの印象ちょっと変わったかも」
　ポロッと心の声が出てしまう。
　なんだろう、こんなに澄んだ星空を見て、私の気持ちも澄んでいったみたい。
「何。俺のこと好きになった？　襲ってあげようか」
「そういうこと言うの、サイテー。前言撤回」
　パパの言う通り、実はいい人かもしれないって１ミリでも思ってしまったのを後悔する。
「そんなすぐ怒んないでよ。俺は大歓迎だよ。美乃里ちゃんから『お願いします、抱いてください』って泣きながら頼んでくれたら」
「バカ。言うわけないでしょ」
「あ、それとも」
　そんなニヤついた声が聞こえて、腕をつかまれたのは一瞬のことだった。
「……っ、なにっ」
「今、もっかいする？　キス」
「っ!?」
　一気に縮んだ距離。
　視界いっぱいに彼の整った顔。
　鼻先が触れそうなほどの近さが、あまりにもいきなりのことで。身動きが取れなくなって思わずギュッと目をつぶっていたら。
「……なんてね」

そんな声とともに頭に何か重さを感じて。

ゆっくりと目を開ければ、椅子から立ち上がった水牧くんが私の頭に手を置いていた。

「期待してたところ悪いんだけど、今はまだお預(あず)け」

「……っっ、はぁ!?　期待とか一切(いっさい)してないから！　ほんと無理っ！　変態(へんたい)！」

「ちょっと。そんな大きい声出したらみんな起きるって。ほら、戻るよ」

水牧くんはこちらに背を向けながらそう言って、先にテントへと戻っていった。

ありえない、ほんと……。

水牧くんもだけど、私もだよ。

今、キスされるかもって、身構えてた……最悪だ。

……恥ずかしくて消えてしまいたい。

Chapter 5　嫌いなキミに頼みごと

　キャンプに行った日から２日後。
「はぁ……」
　教室の自分の席に着くなりため息を漏らす。
　机の横にかけた紙袋には、あの夜、水牧くんから借りたパーカーが入っている。
　昨日、洗濯(せんたく)物を取り込んでくれたパパが、このパーカーに気づいてものすごい勢いで私の部屋に入ってきて、まぁうるさかったこと。
『果歩くんがキャンプで着ていた服が、なんでうちの洗濯物に混ざっているんだ！』って。
　軽く説明したら、だらしのないにやけ顔をしていたっけ。
　これからアズコンで嫌でも関わることになるんだから、返すタイミングなんていくらでもあるんだけど、私が寒がっていたのを気にして彼が服を貸してくれたっていうことが、パパの中ですごく興奮することだったみたいで。
　パーカーの入った袋とは別に、パパの手作りのお惣菜(そうざい)が入った袋を渡されて、『今日中に渡してね！　ちゃんとお礼言うんだよ』なんて言われたから。
　さらに憂鬱。余計なことしなくていいのに。
『今、もっかいする？　キス』
　あんなこと言うようなやつに……！
「美乃里、おはよー！」

「おはようっ」
　さゆちゃんと萌ちゃんの声にハッとして顔を上げる。
「おはよう。ふたりとも」
「ねぇねぇ！　美乃里、コーデ決めた？」
「……え？」
　コーデってなんだっけ……？
　机に手をついて前のめりで興奮気味に聞いてきたふたりに首を傾（かし）げる。
「ほら、やっぱり」
　さゆちゃんは私の反応が想定（そうてい）内だったらしくそう言って、その横では萌ちゃんが「まじかー」とうなだれている。
　なんの話だろうか……。
　話についていけない私は、そんなふたりを交互（こうご）に眺めることしかできない。
「あのね、美乃里。今週、アズコンのコーデ審査でしょ？」
　萌ちゃんの呆れ気味の声。
「……あ」
　すっかり忘れていたよ。あったな、そんなもの……。
「先週いろいろありすぎて、完全に忘れてた」
「んもう……グランプリ候補がここまで興味ないとか、運営かわいそう」
　いや、グランプリ候補って……。
　私には絶対無理だし。
「じゃあさ！　今日３人で買いにいこうよ！」
「お!!　それ、めちゃくちゃいいね！」

「え、ちょっ、今日？　急すぎるよ……私、双子のお迎えとかもあるし」

　さゆちゃんのノリノリの提案に慌ててそう言うけど、審査に着られそうなおしゃれな服を持っていないから、非常に困るのも事実で。

　正直、ふたりに誘ってもらえたのはすっごくうれしいけど、放課後は双子のお迎えがある。

　迎えにいった後も、ふたりのことを見ていないといけないし。

「んー。そっかー。だよね」

　本当は、今日だけでいいから、ふたりにおしゃれな服の買い物を手伝ってもらえたらって思う。

　でも、パパももちろん仕事だし、すぐに子守(こもり)を頼める親戚(しんせき)も近くにいないし。

「あれ、美乃里、これなに？」

　私が、どうしようかと悩(なや)んでいると、さゆちゃんが机の横にかかっている紙袋に気づいて指さした。

「あ……それは……えっと」

　思わず口ごもってしまう。

　どっから説明すればいいんだろう。

「え、なんでそんなに言いたくなさそうなの」

　すかさず萌ちゃんのツッコミ。

「……うっ」

　いつかはふたりに話さなきゃと思っていた。

　水牧くんとのこと。

騒がれるのは目に見えているけど、一応、ふたりは水牧果歩のファンだから。

そんなふたりに黙ったまま、彼と関わるのは避けたい。

「うんと……実は」

重い口を開いて、私は水牧くんとの関係を話した。

水牧くんがパパのお店の常連客だってこと、色々あって週末、一緒にキャンプへ行くことになり、これはその時に借りたパーカーだということ。

「待って……情報量多すぎてパニックなんだが」

今までのすべてを話し終えると、萌ちゃんが頭を抱(かか)えてそう言った。

「……右に同じ」

と、さゆちゃんまで。

やっぱりもっと早い段階で言うべきだったかな。

私も自分の感情を処理(しょり)することでいっぱいいっぱいだったから。そこまで意識が回らなかった。

「なんでそんな大事な話、すぐにしてくれないかな！」

と、萌ちゃんが私の肩を強くつかむ。

「ご、ごめん……」

その圧(あつ)がすごすぎてとっさに謝る。

「さいっこうすぎるよ……」

と、萌ちゃん。

え？

「わかる……」

と、今度はさゆちゃん。

　えぇ？

　ふたりの意外なセリフに驚いてしまう。

　てっきり、ずるいとかなんとか言われるのかと思っていたから。ふたりの言葉が私の聞き間違いだったんじゃ、と疑(うたが)う。

「もうさ！　果歩くんと美乃里は運命の糸で結ばれているんだよ！　何色とは言わないけどさ！」

　……何、それ。

　萌ちゃんのセリフに顔が引きつってしまう。

「いや、なんでそこ伏せた。赤色確定じゃん！」

　と、さゆちゃんまでノリノリだ。

「ちょ……」

　いつもは大好きなふたりのテンポのいいやりとりが、今日はため息の原因になってしまう。

　絶対ないから……。運命とか。

「ていうか、そんなに双子ちゃんが果歩くんに懐(なつ)いているなら、今日のふたりのお迎え、彼にお願いしてみたら？」

「え……？」

　さゆちゃんの提案に動きが止まってしまった。

「ム、ムリムリムリムリ！　できるだけ関わりたくないからっ。あの人、バイトとかあるだろうし」

　あんな人に頼みごとなんて絶対無理だよ。借りをこれ以上作りたくない。

「美乃里んちに泊まってて、キャンプまで一緒に行っといて、今更関わりたくないは無理があるでしょ」

「どっちみちこれ返さないといけないんだから、今日ついでに聞いてみたら？」

「……うっ、イヤだ」

意地になってるだけなのも自覚している。

けど、ふたりだって、水牧くんの本性(ほんしょう)知ったらイヤになるに決まってるって。

さすがにファーストキスのことは言えないから。

「じゃあ、コーデ審査は諦めるしかないね。それで美乃里はアズコンを辞退することになり、クレピスランドのチケットはお預けになりましたとさ……」

「ちょっと、萌ちゃんっ！」

煽(あお)るような萌ちゃんを制(せい)するようにそう言う。

「だって、そうなろうとしてるでしょ？　果歩くんに双子ちゃんたちが懐いて、さぞ悔(くや)しいことだろうよ。ここはなんとしてでもクレピスランドのチケットをゲットして双子の笑顔を取り戻すべきなんじゃないの？」

「っ、それは……」

萌ちゃんのセリフに、ぐうの音(ね)も出ない。

水牧果歩に双子のことを頼みたくないのは、これ以上、あんなやつが私よりも好かれてしまったらどうしようって不安と、プライドからくるものなのも、自分でわかっているから。

「言いたくないのはわかるけど、結果的に双子のためになるんだと思ったらさ」

諭(さと)すように、さゆちゃんが続ける。

そうだよね。
私が大事にしているのは柚巳と里柚の笑顔。
最近は特に、私が叱(しか)ってばかりな気がして全然ふたりの笑った顔を見れていない。
水牧くんに頼むのはほんっっとうに嫌だけど。
これもクレピスランドのチケットのため。
そもそも、お迎えにいってもらえるかわからないし。
「……くっ」
悔しいけど、さゆちゃんの声にゆっくりと頷く。
「よーし！　はい、そうと決まったらお昼休み！　果歩くんのクラスに行くよ！」
「えっ、嘘でしょ、お昼休みって……」
「善は急げって言うでしょ！」
「楽しくなってきたぁぁ!!」
そんなさゆちゃんと萌ちゃんの楽しそうな声が、教室に響いた。

そしてあっという間にやってきてしまったお昼休み。
イヤな時間って、なんでこんなにも早くやってくるんだろうか。
「よし！　美乃里、行ってきな。私ら中庭で待ってるからさ」
「えっ!?　一緒に行くんじゃっ」
「なーに甘えたこと言ってんの！」
予想外すぎるセリフにとまどってしまう。
別クラスに行くってだけでも緊張するのに……あの水牧

果歩をひとりで呼び出せと。

「私らいたら果歩くんも話しづらいだろうからさ」

私の肩をつかんで言うさゆちゃん。

「いや、そんなことないと思うけど……」

「とにかく！　ひとりでがんばるんだ、美乃里。美乃里が緊張しいなのはわかるけど、ステージに立つ時のためにもこういう小さいことから慣れていかないと」

萌ちゃんがそう言って私の手からお弁当の入ったランチバッグを取り上げた。

……ま、まじですか。

「はぁ……」

ふたりのことだからてっきり、『果歩くんに会いたい！』なんて言ってついてくるんだとばかり思ってたよ。

ひとりで彼のクラスに行って呼び出すなんて。

重い足取りでふたクラス離れた教室に向かって歩く。

自分のクラス以外の教室は、どこも雰囲気(ふんいき)が違うから横を通るだけでも少し緊張する。高校に上がって、他のクラスに行くことなんて滅多(めった)にないし。

水牧くんのクラスは一番端だから特に。

彼の教室の前に着いて、チラッと中を覗けば、後ろのほうでクラスメイトに囲まれている姿がすぐ見つかった。

人気者なんだ……やっぱり。

「あれ、月本さん？」

突然、後ろから名前を呼ばれた気がして振り返ると、

「あっ……廣瀬くん」
　そこには、この間のアズコンのペア決めで話した廣瀬くんが友達数人と立っていた。
「どうしたの？　こんなところで」
「あぁ、うん……ちょっと」
「もしかして水牧に用事？」
　サラッとその名前を出されてびっくりする。
　なんで……わかるの。
　首だけ縦に振って返事をする。
「へー、やっぱ、水牧果歩と月本ちゃんがつきあってるって噂、あれ本当なんだ？」
「えっ!?」
　廣瀬くんの横にいた友達のひとりが食い気味で変なこと言うから、大きな声が出てしまった。
　なにそのデタラメ……。
　しかも、よく知らない人から『月本ちゃん』なんて呼ばれたのも驚きで。
「つ、つきあってないですからっ」
　すぐに全力で否定する。
「そうなの？　でも、アズコンのペアがきっかけでそうなるの多いって聞くし、な？」
「うん。学年トップの美男美女がデキてるかもって噂は絶対出ちゃうもんだしなー」
　いやいや美男美女って……。水牧くんはともかく（認めたくないけど）、私は違うから……。

「それでも、私と水牧くんにはそういうの一切ないですからっ」

そう、強く否定した瞬間——。

「なーに話してんの」

フワッと甘い香りが鼻をかすめたかと思えば、ニヤついた声が耳に届いたのと同時に、その声の主に、肩を組まれてしまった。

「水牧っ!!」

廣瀬くんがびっくりしながら彼の名前を呼ぶと、水牧くんがわざとらしくこちらにものすごく顔を近づけてきた。

「……っ!!」

しっかり肩をつかまれてしまったので逃げることができない。最悪だ。

「は……離してよっ」

「今更そんな恥ずかしがらないでよ。あ、それ俺のじゃん」

水牧くんが、私の持っている袋の中にある紺色のパーカーを指差す。

「あれ、わざわざ返しに来てくれたの？　律儀だね？　美乃里ちゃん。今度また家に行った時にでも持って帰ったのに」

こ、こいつっっ!!

みんなの前で誤解されるような言い方して!!

その言葉を聞いて、周りがざわつく。

「なんで月本ちゃんが水牧のパーカー……」

「また家にって、さっきつきあってないって……？」

ほら……。こうなっちゃうじゃん!!

廣瀬くんも、その友達も口々にそう言う。

「待って、違うの、全然そんなんじゃなっ——っ!!」

必死に否定しようとしたら、大きな手が私の口を塞いだ。

最悪っっ!!　やっぱりひとりで水牧くんに関わると、ろくなことにならない!!

「もういい？　この子借りて」

そんな彼の声に、目の前の男の子たちは固まって目をぱちぱちさせている。

私だって今の自分の状況に頭が追いついていないのに。

「……あっ、あぁ」

「ごめん、どうぞ」

それだけ言う彼らを置いて、水牧くんは私の手を引くと、そのまま教室を後にして歩き出した。

「ちょっと、あんな誤解される言い方しないでよ！」

人気(ひとけ)のない階段の踊(おど)り場についてから、水牧くんにつかまれていた手を振り解(ほど)いて言う。

この人のこういうところが本当に嫌いなのよ。

「誤解って……美乃里ちゃん、俺に用事あったんでしょ？」

う、まぁ、そうだけど。

「こ、これ……」

しぶしぶ、持っていた紙袋を彼に差し出す。

「ご丁寧(ていねい)にどーも」

「ん。あと、これ、パパが……お惣菜って」

そう言って、小さめの袋も渡す。

「えっ、まじか。……悪いな」

そう少しだけ眉尻を下げて言うから。

パパのことになると、優しい顔するのにね。

そんなことどうでもいいけど。本題だ。

「そ、それと」

「ん？」

「……」

どうしよう。

やっぱり自分から水牧くんに頼みごとなんて……。

なかなか言えない。

「何ー？　やっぱりあの日、キスしとくんだったとか思ってる？　いいよー」

本当にそういうところ嫌い。

でも、今私が頼れるのは彼だけで。

すごく悔しいけど、双子が水牧くんに懐いているのは事実だから。

「……今日、水牧くんの予定がなければ、なんだけど、柚巳たちのお迎えいくことってできないかな……」

「……え？」

わっ。さすがに引かれた？

図々(ずうずう)しいのは承知(しょうち)の上だったけど。今までずっと水牧くんへの態度は悪かったくせに、都合よすぎるよね……。

「ごめん、やっぱりいい！　忘れて！」

全然よくないはずなのに、慌ててなかったことにしようとして振り返る。
　早くこの場からいなくなりたい。
　中庭に早く行こう、そう踵(きびす)を返した瞬間、強く手首をつかまれた。
「やっぱりいいってなんだよ」
「だって、水牧くん今、引いて……」
　あれだけ突き放していたくせに、こういう時だけ頼みごととか、都合よすぎだって思われても仕方ないから。
「引く？　いや、まさか美乃里ちゃんが俺にそういうこと頼んできてくれると思ってなかったから、ちょっと予想外だっただけで。なんで？　剛さんに言われた？」
　水牧くんの問いにブンブンと首を横に振る。
「コーデ審査の服、持ってないから。友達が一緒に買いにいってくれるって。だから……」
「アズコンの？」
「うん」
「へ──」
　そう相槌(あいづち)を打ちながら、水牧くんが私の身体をジィっとなぞるように見てきた。
「ねぇ」
「わりぃ、ちょっとえっちな服、想像(そうぞう)してた」
「さいってい！　ヘンタイっ!!」
　絶対悪いと思ってないでしょ!!
「はいはい。照れるからあんまりほめないで？」
「ほめてないからっ!!」

「うん、どーも。そういうことね」
　水牧くんは私の声を軽く受け流すと、おもむろにズボンのポケットからスマホを取り出した。
「美乃里ちゃんの連絡先教えて」
「え、なんで……」
「なんでって……柚巳くんたちが通ってる幼稚園のマップとか送ってもらいたいし。やり取りできたほうが便利でしょ」
「じゃあ……行ってくれるの!?」
「うん。今日バイトないし。全然行ける」
　まさかの答えに、目を見開く。
「ほ、本当に？」
「なんで嘘つくんだよ。ほんと」
「っ、あ、ありがとう……すっごく助かり、ます……」
　そう言いながら、私も彼と同じようにスマホを取り出して、メッセージアプリを起動させた。
「ん。てか、もしかして美乃里ちゃんって、高校入って、放課後友達と出かけたこととかない？」
「うん」
　放課後だけじゃない、休みの日だってそうだ。言われてみれば、高校に入ってからまだ一度もないかも。
　歳の離れた弟や妹がいるとどうしても。
　うちにはお母さんだっていないし。
　それでも、ふたりには寂(さび)しい思いをさせたくないなって思うから。

　私自身、ママがいなくなって、パパが仕事で忙しくても、柚巳や里柚がいることで寂しい思いをしないで済んでいたから。
　そのせいで、たまにはひとりの時間も欲しいって時々思っちゃうのが本音なのだけど。
「そっか……」
　小さい呟きが聞こえたと思ったら、突然、頭に大きな手がフワッと置かれた。
　驚いて顔を上げれば、その手が雑に私の髪をクシャっとなでて。
「今日は俺がふたりのことずっと見てるから。何かあったらすぐにメッセージ送るし。ちょっとぐらい遅くなっても平気だから、羽伸ばしてきたら」
「えっ……」
　その時、胸がトクンと鳴った。
「えっろい服、楽しみに待ってるからさ」
　そう言って階段の踊り場を後にした水牧くんの背中に向かって。
「さいってー!!」
　そう叫んだ。

「よかったね！　果歩くんがお迎え代わってくれて！」
「ほんとめちゃくちゃいい男じゃんっ、果歩くん！　かっこよくて子守も引き受けてくれるとか……私が美乃里なら完全に落ちちゃう」

「私なんて、もうとっくに落ちてるけどー」

放課後。ふたりのそんな会話を聞きながら、私は今、一緒に近くのショッピングセンターに来て、アズコンのための服を選ぶのを手伝ってもらっている。

いろんな服を見ながら、話題は水牧くんのことで。

「ぶっちゃけ、ちょっと好きになっちゃってない？　美乃里も」

ははっ、まさか。

心の中で思わず笑ってしまった。

「いや……今日のことは感謝してるけど……」

ありがたいとは思っている。

だけど、日頃から一言二言(ひとことふたこと)余計な人だから。

『えっろい服、楽しみに待ってるからさ』

ああいうことを平気で言うし、強引にキスなんてしてくるし。

パパと話す時なんて別人で、裏表(うらおもて)激しいいし。そんな男だから。

「わっ！　美乃里、これは!?　めちゃくちゃ似合うと思うんだが」

そう言ってさゆちゃんが見せてきたのは、明らかに身体のラインが強調される、全体がピタッとしたオフショルダーのミニワンピース。

「ダメ。ピッタリしすぎ」

「え、そう？　こんなもんでしょ」

「これぐらい大胆じゃないと」

ええ……。

ふたりのセリフに顔が歪む。

「あのね、美乃里。いくら優勝目指してないからとはいえ、美乃里のペアはあの水牧果歩くんなんだよ？」

さゆちゃんが腰に手を当てて言う。

「それが何か……」

そう答えれば、萌ちゃんが間に入って口を開いた。

「あの色気(いろけ)ダダ漏れの果歩くんとペアなら、美乃里もそれなりの色気を出していかないといけないってこと！　顔面は美乃里も完璧だけどさ、やっぱりメイクとか服装でもう少し大人っぽさ出したほうがいいと思う」

「……ううっ」

水牧くんにあんなことを言われたから、余計にそんなものとは程(ほど)遠い服装をって思ってたんだけど、それはダメなのかな……。

でも、さすがにこの服はハードルが高すぎる。

何はともあれ、あれから30分。ふたりからは地味すぎると不評だったけど、なんとかサーモンピンクのかわいらしいロングワンピースを買うことができて。

なんだかんだちゃっかりふたりもテンション上がって自分用に服を買ったりしていて、楽しそうで安心した。

買い物が無事に終わってからは、水牧くんの言葉に甘えて１時間ほど、３人で初めてプリを撮(と)ったり近くのカフェでお茶したりして。すっごく楽しかった。

「ふたりとも、今日は本当にありがとう。すっごい助かった。ひとりだとそもそもお店にも入れなかったと思うから」
　夕焼け色の空がだんだん薄暗(うすぐら)くなってきて、そろそろ解散しようかという時、帰り道を歩きながらふたりにお礼を言う。
「何言ってんの？　こちらこそ、ありがとうだよ。美乃里と初めて放課後にがっつり遊べて、私らも最高にうれしかったよ！」
「萌ちゃん……」
「そうそう。コーデ審査、私ら見れないのすっごい残念だけど、絶対果歩くんは喜ぶと思うからさ！　美乃里ごめんね。先に謝っておくけど」
「えっ……？」
「ちょ、さゆ、余計なこと言わないの！　じゃ、美乃里、明日学校でね！　果歩くんによろしく!!」
「え、あっ、うん、ありがとう。明日ね」
　さゆちゃんの『ごめんね』と萌ちゃんの慌てていた姿がちょっと引っかかったけど、私たちは手を振り合って街を後にした。

「ただいまー」
　時刻は６時過ぎ。
　玄関の扉を開けて声を出せば、リビングから走ってくるかわいい足音がして。

「おねえちゃんおかえりー!!」
「美乃里ちゃんおかえり」
「おかえり——!!」
　柚巳が私の腰に巻きついてきて、里柚は水牧くんに抱っこされながら出迎えてくれた。
　すごい光景だ……。
　里柚が水牧くんに懐きすぎていることに姉としてちょっぴりモヤっとしながらも、今日はお世話になったんだからと、負の感情を押し殺す。
「水牧くん、今日は本当にありがとう。大丈夫だった？ふたり」
「うん。ふたりともいい子にしてたよ。俺もすっごい楽しかったし。美乃里ちゃんはお目当てのもの買えた？」
「う……うん」
「そっかー、じゃあコーデ審査楽しみだねー」
　そう不敵に微笑む彼に内心ムッとする。
　なにが楽しみなの。憂鬱の間違いでしょ。
　そんな心の叫びを隠して。
「……水牧くん、夕飯食べていったら？」
　玄関で靴を脱ぎながら言う。
「え……」
「パパの定食じゃないけど、一応、今日のお礼っていうか」
「いいの？」
　そう聞いてきた水牧くんの瞳が、飼い主の顔色をうかがう子犬みたいで、とっさに目を逸らす。

なに今の顔。調子狂うって。

「あ、味の保証はないけど」

「……うれしい。いただきますっ」

「え、果歩にぃ、今日ここでご飯食べるの？」

「うん。美乃里おねえちゃんがいいって」

「やったー！　じゃあ一緒に風呂入ろう！」

いつもお風呂になかなか入りたがらない柚巳が、自分からお風呂に誘っている……。

ここまでくると逆に、水牧くんがどんな手を使って子どもに好かれているのか気になってしまう。

「里柚も入る！」

ワイワイと双子が騒ぎはじめて、水牧くんは半ば強引に柚巳に手を引っ張られながら脱衣所(だついじょ)に連れていかれた。

大丈夫かな……。

いや、ご飯食べていかないかと聞いたのは私のほうなんだけど。

「わー！　ハンバーグだ！」

双子と水牧くんがお風呂に入っている間に夕食作りをはじめて。お皿にメインのハンバーグを盛りつけたタイミングで柚巳がお風呂から出てキッチンを覗いてきた。

「柚巳くん！　髪の毛、まだ乾かしてないから！」

柚巳を追いかけてそう言う水牧くんも、まだ髪が濡れている。

「柚巳、水牧くん困らせたらダメだよ。ほら、向こうで乾かしてもらって」
「はーいっ！」
「……うわ、やばっ」
　柚巳が先にリビングに向かうと、水牧くんができ上がった料理を見て小さく呟いた。
　やばってなによ、やばって……。
　あ、もしかして水牧くん好き嫌いとかあったかな。
　先に聞いておけばよかった。
「ハンバーグ、食べられる？」
「ん。すっげぇ好き」
「……っ」
　あんまり無邪気な顔をして「好き」なんて言うから、びっくりしてしまった。
　心臓の音が少し速く鳴る。
「なに？」
「べ、別にっ。柚巳たちの髪、よろしく……」
「了解っ！」
　水牧くんはそう返事をすると、リビングへ向かって里柚からドライヤーを受けとった。
　うちにいる時の水牧くんは、学校にいる時とちょっと違っているから、変に動揺してしまった。

「ん──！　おいしいっ！」
「柚巳、毎日ハンバーグでいい！」
「毎日はちょっと。ちゃんと野菜も食べないとね」

無事にご飯を作り終わり、みんなもお風呂を終えてきれいさっぱりになって。

４人で食卓(しょくたく)を囲む。

いつもパパがいない夕飯が当たり前だから、４つの椅子がこの時間に埋(う)まるなんてなんだか新鮮(しんせん)。

ハンバーグ、ちゃんと水牧くんの口に合うかな。心配でチラッと目線を向ける。お箸(はし)で一口サイズに切られたハンバーグが、彼の口に運ばれて。

「……うまぁっ」

その声に、ホッと胸をなで下ろす。

「果歩にぃ、うちに来ればいつもおねえちゃんのご飯食べられるよ」

ちょ、柚巳ってば何言って……。

「いつもは無理だよ。水牧くんとこもお家(うち)の人がご飯作って水牧くんの帰り待って——」

「ないよ」

「へっ……？」

私の声をさえぎるように言った水牧くんの言葉に反応する。

「俺、一人暮(ぐ)らしだから」

「え、あ……そうなんだ」

一人暮らし……そっか。

だから、パパのお店によく通ってご飯食べているんだ。

最初は、家族でよく来店していたのかな、と思っていたけれど。

「果歩くん、なんでひとりぐらしなの？　里柚たちみたいにお母さんいないの？」
「ちょっと、里柚」
　踏み込んだ質問を直球でする里柚を、すかさず制する。
　まったく……子どもはこういうところあるから。
　誰にだって話したくないこと、言いにくい家庭の事情ってものがあるはずだ。
「ごめん、水牧くん」
「いいよ。全然平気」
　そう言った水牧くんは、里柚をまっすぐ見て口を開いた。
「里柚ちゃんちとは、ちょっと違うかな。里柚ちゃんたちみたいに、仲よくないんだ。俺の家族」
　そう言って力なく笑った顔が、今まで見てきた水牧くんとあまりにも違いすぎて。
　言葉を失った。
　いつも憎まれ口ばかり叩いて、いたずらっぽく笑うくせに。今はまったくの無表情。
「ケンカ、したの？」
　柚巳がハンバーグを飲み込んで聞く。
「んーケンカ、どうなんだろうね……」
「ケンカしたら、どっちも『ごめんなさい』って言えばいいんだよ」
「柚巳。大きくなったら色々あるの」
　どんな事情があるのか全然わからないから、勝手なことは絶対に言ってはいけないのに。

里柚も柚巳も止まらないから、困ってしまう。
今、ふたりのせいで水牧くんに嫌な思いさせちゃってる。
どうにか話題を早く変えなきゃと考えていると、水牧くんが口を開いた。
「……俺のお母さんは、俺のこと嫌いだからさ。ごめんなさいしても多分聞いてくれないよ。俺も許すつもりないし」
水牧くんのそのセリフに、ふたりはぽかんとしている。
「……ごめんね、美味しいもの食べてる時にこんな気分下げる話」
サラッと『美味しいもの』って。
そんなこと言われて、内心(ないしん)喜んでいる自分がいるけど、水牧くんの話が心に引っかかったまま。
「そんな。柚巳たちが色々聞いちゃうからっ、ほんとごめん」
「まぁ、別に隠すような話じゃないしね。あ、ねぇ、これも食べていいの？」
「あ、うん。昨日の残りだけど」
カボチャの煮つけを水牧くんに差し出すと、彼はすぐにそれを口に入れて。
「ん。うっま」
あまりにもうれしそうな顔でそう言うから、胸の奥がギュッとした。

Chapter 6 「興奮しないみたい」

〈果歩side〉

　昨日の美乃里ちゃんの手料理は、ほんと美味かった。
　小さい頃から剛さんの美味い料理食べてたら、舌肥(したこ)えて料理も上手くなんのかな。正直、あのクオリティは金取っていいレベルだ。やっぱり、血(ち)は争(あらそ)えないんだな。
　いい意味でも悪い意味でも。
　自然と自分の家族について考え込んでしまう。
　俺の母親は、俺が小さい頃に離婚(りこん)してからずっと、男をとっかえひっかえしていて。
　男がいないと生きていけないような人で、そんな彼女にとって俺はずっと邪魔者(じゃまもの)でしかなかった。
「……ほ」
　それに比べて、美乃里ちゃんの父親である剛さんは、男手ひとつで子ども３人を育てていて、亡くなった奥さんへの想いはほんとうに一途で。
「果歩っ」
「……え、あ、何？」
　自分の席でぼーっと窓の外を眺めていたら、前の席の泰生に声をかけられた。
「なにって……果歩、月本さんとなんかあった？」
「は、何、いきなり」
　机に倒していた上半身を起こす。

「いや、女の子たちが話してるの聞いたからさ。最近、果歩のノリが悪いって」

何それ。

仮にそうだとして、なんで美乃里ちゃんの名前が泰生の口から出てくんの。

「別に何もないけど」

「月本さんのことガチになったのかと思って」

「はっ……なわけ」

思わず鼻で笑った。

またこいつはくだらないことを。

「じゃあ、なんで他の女の子たちと遊ばなくなったの？」

「……あのさ、俺にだって忙しくて疲れてる時ぐらいあんだよ」

「えぇ、何それ。女の子でHP回復させてた水牧果歩のセリフとは思えないな。やっぱり月本さんすげーな」

「うざっ。なんでさっきからあいつの名前が出てくんだよ」

「月本さんの名前出したら、果歩が大げさな反応するから」

こいつ絶対面白がってる……。

確かに、剛さんの娘が美乃里ちゃんだってことを知ってから、どう接していいのか、いまだにわかんないところもあるけど。

だからって、なんで俺が美乃里ちゃんにガチになるって話になんの。

アズコンでたまたまペアになって、美乃里ちゃんの双子の弟と妹の子守を数回手伝うことになって。

　俺たちの関係は、それだけ。
「今日からまたいつも通りに戻るよ」
「ふーん。今日から、いつも通り、ね」
「ねー果歩ー！　今日、うちにこない？」
　泰生と話していたら、クラスメイトの女の子がやってきた。ほんの少し前まではよく互いの家を行き来してて、触れ合っていた関係。
「おぉ、ナイスタイミング」
「泰生黙れ」
　女の子に聞こえないぐらいの声で言って、軽く彼を睨みつける。
　余計なことを声に出して言わないでほしい。
「夕方からうちの親いないからさー」
「まじ？　じゃあ、久しぶりに行くわ。最近、全然相手できなくてごめんね？」
「やった!!　果歩、調子戻った感じ？　じゃ、帰り一緒に帰ろ!!」
　彼女はそう言って自分の席へと帰っていった。
「ふっ、いいのかな。あんなこと言って」
　彼女の背中を見つめながらボソッと泰生が呟く。
「お前ほんと、俺にどうなってほしいわけ」
「どうなっても面白いなって思ってる」
「ほんと性格わる」

　放課後。

帰りに待ち合わせしたのはいいけど、なんとなく気分が乗らないまま、彼女の家へと向かう。

久しぶりだからか、彼女はノリノリで手を繋いできたり、身体をもたれかけてきたり。

帰り道でキスをせがむような顔をされて、彼女に触れれば触れるほど、思い出すのは俺にキスされて怒った美乃里ちゃんの顔で。

ご飯を美味しいって言った時の、ちょっと照れた顔とか。

怒ってプイッて少し口をとがらせるとことか。

そんな俺の態度に、とうとう彼女が口を開いた。

「……果歩、最近おかしいって、女の子たち言ってるよ」

「……」

「アズコンで月本さんとペアになってから」

あんたまで言うのかよ。

「好きなの？　彼女のこと」

何それ。

ほんとどいつもこいつも。

気分わりぃ。

「……嫌いだよ」

「だったらなんで……」

「ほんと、ごめん。やっぱ今日ダメだわ」

俺はそれだけ言い残して、彼女の家の前まで来て踵を返した。

最悪。

『嫌い』と思いたくなるくらい。

本当は、うらやましい。
美乃里ちゃんの環境も、彼女自身の持っている性質も。
俺にはないものばかりで。
うらやんでもしょうがない。
こんな汚い感情が恋愛感情なわけないから。
俺と美乃里ちゃんなんて不釣り合いすぎて。
彼女の綺麗なもの全部メチャクチャに奪ってやりたいって気持ちと、誰にも触れないでほしいって気持ちが交錯して。こんなふうにグチャグチャに俺の感情かき乱す美乃里ちゃんのことなんて。
嫌い。
心の底からそう言えたら、楽なのに。

数日後。
「はい、それではこれから、アズコンのファッションコーデ審査を行います。今回の審査で上位になった3ペアは来月の学園祭に舞台でパフォーマンスをしてもらい、それを見た観客の投票によりグランプリが決定します」
放課後、会議室に集められたアズコンのメンバーに、アズコン運営委員のひとりがそう説明する。
それは、今いる9組中6組が落ちてしまうということ。
「今回の審査は、ペアでの総合得点となります。それではみなさん、準備を始めてください。10分後にスタートです」
運営委員のその声に、参加者がぞろぞろと広い会議室を出て、隣にある控室へと向かっていく。

その中に見慣れた背中を見つけて声をかけた。

「美乃里ちゃん、ちゃんと自分で着替えられる？」

「はい？　当たり前でしょ？」

声をかけられて大げさにびくついた肩が面白い。

「ほんと？　普段色気のない格好ばっかりしてるからつい。もし無理そうだったらいつでも着替え手伝ってあげ――」

「できるから！　そういうやつじゃないし！」

美乃里ちゃんはそう言って俺の胸を軽く叩くと先に会議室から出ていった。

「……え？」

そういうやつじゃないって……。もしかして、あの美乃里ちゃんのことだから、色気もクソない地味な服を選んだってことなんじゃ。

俺にあんなふうに煽られたから余計。

あり得る……。

十数分後。

思い思いのコーデに着替えた参加者が次々に会議室に戻ってきて、たちまち場が華(はな)やかになる。

男は特に、いつもの制服とは違う私服姿の女の子を目の前に平然としていられるわけがなくて。

まぁソワソワしている。

「わー！　果歩くん私服もカッコいい～！」

「さすがだねー！」

「どーもー」

別のやつとペアのはずの女の子たちが、こちらに寄ってきて俺の腕に手を回す。

ほめられて嫌な気はもちろんしないけど、今はそれよりも、美乃里ちゃんの姿が見えないことが気にかかってしょうがない。

あと２、３分で始まるけど。

まさか、審査が嫌になってバックれたとか……十分その可能性はある……。

入り口のドアに目を向けても､人が来そうな気配はない｡

もう参加者は美乃里ちゃん以外揃(そろ)っている状態だ。

長テーブルの端の席に座っていた３年の審査員が立ち上がる。

やばい。

始まってしまう。

「はい、ではそろそろ──」

「すみません、月本美乃里ちゃんがまだみたいなので、ちょっと様子見てきてもいいですか？」

とっさにそう言えば、先輩が他の審査員の人と顔を見合わせて、目線をこちらに戻した。

「わかりました。もし何かあればすぐに連絡お願いします」

「はいっ」

俺はそう返事をして、会議室を飛び出した。

何してるんだよ、美乃里ちゃん。これでバックれてたらまじでシャレになんないけど。

これでも一応、優勝目指してるし。

会議室から出て少し進んだところにある一室。
『女子　控室』のプレートを確認してドアをノックする。
コンコンッ。
「美乃里ちゃん？　大丈夫？」
「……」
声がしない。
コンコンッ。
「美乃里ちゃん？」
「……」
「ごめん、入るよ？」
ガチャッ。
ドアを遠慮(えんりょ)がちに開けるとそこには人の姿がない。
え？　まじで逃げた？
「美乃里ちゃん？」
もう一度、しっかりと名前を呼ぶと。
「……み、水牧くん？」
すごくか細い声が、部屋の奥の試着室(しちゃくしつ)の中から聞こえた。
「え、美乃里ちゃん？」
声のしたほうへ向かえば、カーテンの下に俺と同じ赤色のラインの入った上履きが置かれていた。
やっぱりここだ。
「美乃里ちゃん、大丈夫？　開け――」
「ダメっっ！」
カーテンに手をかけた瞬間、そんな大きな声が部屋に響いた。
「いや、ダメって。もしかしてまだ着替えてないの？　もう審査はじまるよ」
「き、着替えたけど……」
「じゃあいいじゃん」
「……違うの」
「何が？」
　そんなに恥ずかしがらなくても。
　どうせ大した服じゃないでしょ。
　俺が望むことなんて絶対したくない子なんだから。
「……服が、違うの」
「……え？」
　震えた泣きそうな声に、足元を見ていた目をあげた。
「違うって……」
「この前買い物に行った時、友達のと間違えて持って帰っちゃったみたいで」
「え、まじ？」
「でも、びっくりして萌ちゃんたちにメッセージ送ったら、『それは美乃里のだよ』とか、わけわかんないこと言われて。でも試しに着てみたらサイズは合ってるし……私本当に違うもの買っちゃったのかな……どーしよ。いやいやありえない。ていうか、こんなの着て人前に出られない、変すぎる。死んでしまう……」
　パニックでめちゃくちゃ早口で説明する美乃里ちゃんが、いつもと違いすぎておかしくて笑いそうになるのをこらえる。

　死ぬって大げさな……。

　それって要は、美乃里ちゃんが友達にハメられたってことじゃん。

　当の本人はパニックしすぎでそのことに気づいていないみたいだけど。

　にしても、そんなに嫌がられる服って、一体どんなものだよ。

「とりあえず開けるね」

「……っ、ダメッ!!」

　シャッ。

「……あっ!!」

　……え、うそ。

　まじで、美乃里ちゃん?

　試着室の隅(すみ)に身を寄せながら顔を手で覆(おお)って。

　オフショルダーの黒のミニワンピースが程よく華奢(きゃしゃ)な手と白い肌を強調させていた。

　身体にピッタリとまとわりついたそれによって、スタイルがいいのが一目でわかる。ミニスカートからチラッと見える太ももに、ドキッとして。

　なにこのスタイル……。

　いつもの制服姿と違って、大人の色気まで感じさせる。

「見ないでよっ!!」

「んでだよ。ちゃんと見せて」

　大きな声を出す彼女を制するように、試着室に入って彼女の手首に手を伸ばすと、顔を覆っていたそれを無理やり引きはがす。
「ちょっ」
　恥ずかしさからなのか怒りからなのか、多分その両方で、美乃里ちゃんの顔は今までにないくらい真っ赤で瞳は潤(うる)んでいた。
　ドキンッ。
　自分の身体の奥から聞こえた熱をもったそんな音と衝撃が俺を襲う。
　こんな格好しといてその顔は反則(はんそく)でしょ。
「……すげぇ、いいじゃん」
「やだっ、無理、嫌いっ。水牧くんに言われてもなんにもうれしくないし、やっぱりイヤだこんな格好っ」
　ほめてやったのに、なんだよその態度は。
　駄々こねる子どもみてぇ。
「んなこと言ったって、早くしねぇと失格になるかもしんねぇよ。つかこれ以上待たせたら余計に注目されるでしょ」
「……んん」
　何、うなってんの。
「美乃里ちゃん」
「……っあっ、あの」
「何？」
　彼女のこんなふうに助けを求めてるみたいな顔、レアすぎて。自然と心臓が高鳴った。
「っ、ほんとうに、へ、変、じゃない？」

まさかあの美乃里ちゃんのほうからそんなことを聞いてくるとは。

予想外すぎてわかりやすく目を見開いてしまった。

と、同時に。からかいたくなる衝動(しょうどう)が止まらなくなる。

「全然変じゃないから。むしろドンピシャで俺好み」

「……っ、別に最後のは聞いてない」

ほんと、いちいちかわいくねぇから。

「んーでも、ちょっとまだセクシーさ足りないかな」

そう言って一歩彼女に近づいて。

彼女の髪に触れようとした瞬間。

「やだっ」

バシンッッ!!!!

「っった!!」

急な激痛にみぞおちを押さえる。

「暴力(ぼうりょく)反対」

「水牧くんが変なこと言うからでしょ！」

「今のは絶対、殴るところじゃなかったわ。髪を片方に流した方がもっと色気出ると思っただけなのに」

「そういうところが嫌なの。みんながみんな、水牧くんみたいにそんなことにしか興味ないと思わないでよね。女の子にチヤホヤされてるから調子に乗ってるのかなんなのか知らないけど、私は、水牧くんとは何もかも違うの！」

再び彼女の顔が熱を帯びる。

今度は完全に怒りだけ、だと思う。

「あーはいはい、美乃里ちゃんって素直じゃないもんね」

穏（おだ）やかな口調（くちょう）を装（よそお）って笑いながら言うけど、俺の中の何かがふつふつと込み上げてきて。

爆発した。

「あんまり俺に舐（な）めた口きいてるとどうなるか、この身体に教えてあげよっか」

「……っ」

こっちが下手（したて）に出てりゃいい気になって。

その生意気な口、聞けないようにしてやるよ。

彼女の細い腕と背中を強引に試着室の鏡に押し当てると、「ひっ」と彼女の血色のいい唇から声が漏れた。

素肌が冷たい鏡に触れて反応したんだろうけど。その声、男を煽るだけなんだよ。

「放してよっ!!」

「やだ。怖がらせてあげようと思ったけど、よすぎて俺のこと好きになっちゃうかな」

片手で彼女の両手首を固定して、空いた右手で透き通るような白い肌に手を伸ばす。

「……美乃里ちゃんだって、気持ちよさ覚えたら、あっという間に俺とおんなじになるよ」

脇腹から腰をなでるように触れれば、ビクッと身体が跳（は）ねて。

「触ん、ないでっ」

「聞こえなーい」

あざ笑うようにそう言って、そのまま首筋に顔を埋める。

早く戻らないと、頭の隅ではそんなこともよぎったけど、今は、目の前にいる生意気な彼女をへたらせてやるってことだけで頭がいっぱいで。

嫌いなやつに好き勝手されるってどんな気分よ。

そう心の中で思いながら、彼女の顎(あご)を無理やりつかんで。

「……やめっ、……つん」

強引に唇を塞いだ。

美乃里ちゃんの言う通りだよ。

俺たちは何もかも違う。

自分で言うのはいくらでも構わないのに。

彼女に、敵(かな)わないと思っていた張本人(ちょうほんにん)に面と向かって言われると、無性に腹が立って。

止まらなくなってしまった。

大体、今までがおかしかったんだ。

正反対の世界に住んでいるはずなのに、同じ時間を過ごして。飯食って笑って。

俺はこっち側の人間。それを改めて思い知らされた。

以前なら気にも留めなかったような言葉なはずなのに。

こんなの完全に八つ当たり。

「……はぁっ」

あーあ。大人しくしていればきっと今より楽なのに。

抵抗(ていこう)しようと必死にもがくから疲れて息切れるんだよ。

バカだな。

拒む気力なくなるぐらい、めちゃくちゃにしてやる。

顎をつかんだ指に力を加えて強引に口を開かせる。

「んんっ！」

『いや』と言いたげな声が漏れた。
うるさいよ。
どいつもこいつも。
『好きなの？』
いや、俺が好きなわけない。
好きなら、好きな子にこんな最低なことときっとできないんだから。
ほら見てよ。
俺は誰かを好きにならないし、いつだって人を大事にできないやつだよ。
自分の欲のためにいくらでも利用できるやつだ。
まるで自分自身に一番言い聞かせるみたいに。
全身で逃げようとする彼女を逃さないようにと肩をつかんだ時、ようやく美乃里ちゃんの身体が小刻みに震えていることに気づいてハッとした。
自分が今、手を止めたことがどうしてなのか。意味がわからなかった。
今までそんなこと、一度もなかったから。
そもそも女の子に無理やり迫るようなことはなかった。優しく何度も触れれば、途中でその気になる子ばかりだったから。こんなに震えながらも、きっぱりと拒絶するような子なんていなくて。
でも……。
『果歩くんは、好きになった人をちゃんと大切にできる男だと思う。本当だよ』

『すぐにとはいかないかもしれないけど、果歩くんがいつか本当に、大切な、失いたくないって思う人ができた時、少しは気持ちが変わると思うよ』

剛さんに言われた言葉が脳裏(のうり)をよぎって、双子の笑顔を思い出す。

あーあ、……最悪。

……なんで、このタイミングで思い出すんだよ。

ほんっとありえねぇ。

「……ハハッ。やっぱ美乃里ちゃんだと興奮しないみたい」

吐き捨てるようにそう言って、彼女の目を一度も見ないまま試着室を出る。

「早く行くよ」

俺たちは控室を後にして会議室へと向かった。

Chapter 7　夢の中で、甘い言葉

　人生最悪の日だ。
　ほんっと大嫌い。
　あれからなんとかコーデ審査を終えることができたけど、正直、まったく記憶がない。
　今は、やっと何もかもから解放されて、着替えて自分の教室に来て放心状態。
　数分後には学校を出て双子のお迎えに行かなきゃいけないのに、身体がものすごく重くて立ち上がれない。
　最近、水牧くんとよくいるようになって、ほんの少しだけど、パパの言う通り、本当は根はいい人なのかもしれない、なんて思ってた自分を呪いたくなる。
『ぶっちゃけ、果歩くんとペアになりたかった』
『わかるー』
　試着室で着替えている時、カーテン越しから聞こえてきた女の子たちの会話に聞き耳を立ててしまったことがいけなかった。
　聞いちゃいけない気がしていたのに、聞かなくていいことなのに、私の耳は彼女たちの声を拾っていて。
『え、てか、マホミって果歩くんと……』
『……うん』
『わっ。だよね！　やっぱこの間のカラオケ抜け出した時？　え――いいなー！』

『ちょっと、声でかいって！　まぁでも、果歩くんは誘われたら基本断らないしさー。レイナも声かけてみたら？』

生々しいやり取りに耳を塞ぎたくなりながらも、どうしても聞かずにはいられなくて。

彼が学年一のプレイボーイなことはわかりきっていたことだし、水牧くんが誰と何をしようが彼の勝手なのに。

どうして今更ショックを受けるのか。

もともと水牧果歩ってそういう人だったはず。

人目もはばからず、堂々と外で女の子とキスしちゃうような。

きっと、パパや双子と一緒にいる時の猫かぶりな水牧くんに慣れちゃったせい。

あれが本性ならいいのにって望んでたんだ、私。

本来の彼はこっちだよ。

だから……。

水牧くんに身体を触れられそうになった時、強く拒んだ。

それは、嫌いだから、以外の理由。

今までたくさん他の子を触ったその手で、触らないでほしかった。

信じてみたいってわずかでも思っていたから。

『私は、水牧くんとは何もかも違うの』

彼に親切にしてもらったことも事実なのに、そんな言葉を投げつけた。

私に触れた時の彼は、パパや私のご飯を食べて美味しいって言ってくれた時とはまるで別人で。

必死に抵抗していたけど、無意識に彼を信用しすぎてしまっていた私にも落ち度はあると思って、自分にも呆れて。
『……うまぁっ』
私の作ったご飯を食べてそう言った彼の笑顔が脳裏に浮かんで、身体が震えた時、水牧くんの手が私から離れた。
そしてふっと笑いながら言ったんだ。
『やっぱ美乃里ちゃんだと興奮しないみたい』
彼が離れて、ホッとしたはずなのに。
はっきりそう言われて、傷(きず)ついている自分がいた。
水牧くんに触られることはすごく嫌だったはずなのに。
以前とは違う感情になりつつある自分にも、ものすごくとまどって、怖くなった。
「ダメだ……お迎えいかなきゃ」
誰もいない教室。
小さく呟いて自分の席から立ち上がった瞬間。
「月本さん」
名前を呼ばれて顔を上げると、ドアのところに見知らぬ男子生徒が立っていた。
目線を少し落として彼の上履きの色を確認すれば、ラインが青色。ということは、3年生だ。
え。3年の先輩が一体私になんの用だろうか。
目の前の先輩は、アッシュブラックのマッシュヘアーに少しふんわりとパーマがかかっていて。
耳には数個のピアスが光っている。
派手(はで)というか、なんというか。

私が普通に生活してて絶対に関わらないような人だ。
私を呼んだ彼の声が見た目と比べて優しかったから、なんとか受け答えはできるけど。
見た目だけだと絶対避けてしまうような人。
「えっと……？」
「コーデ審査で選ばれた３組のペアは、会議室に残って担当スタイリストと本番のコンセプトについての話し合いをするって、聞いてなかった？」
「え、あー……」
嘘。全然聞いてなかった。
そういえば私、結局のところ最終審査まで残ってしまったんだっけ。
よくあんな状態で残れたよ。
ほとんど立ってただけの記憶しかないけど。
本当に大丈夫だったのかな。
「その様子だと聞いてなかったって顔だね」
「……すみません」
「まぁ、さっき話をした水牧くんもちょっと様子変だったし、ふたりなんかあったのかと思うけど。選ばれたからにはしっかりね。チームワークって舞台に出ちゃうから」
「はい……」
ていうことは、もしかしてこの人が、私たちの担当スタイリストっていうことなのだろうか。
「自己紹介遅れました。俺、３年の湯前善（ゆのまえぜん）って言います。水牧くんと月本さんの担当スタイリストでーす」

わぁ……。
やっぱり……。
見た目から思ったよりも気さくそうな、ゆるい話し方に少しホッとする。
最初より近づき難(がた)いって印象はだいぶ薄れたかも。
「は、はぁ……よろしくお願いします」
そう言ってペコっと軽く頭を下げる。
「それで、さっき水牧くんにも説明したんだけどね……」
「あ、ゆ、湯前先輩っ」
「善でいいよー」
え。今日会ったばかりの先輩を名前呼び……？
いや、そんなことに動揺している時間は今の私になくて。
「は、はい。あの、ぜ、善先輩」
「なに？」
「えと、本当に申し訳ないんですが、私、今から急いで弟たちを迎えにいかないといけなくて……」
教室でボケッとしていた私が完全に悪いんだけど。
「あ、そうなの。じゃあそこに向かいながら話そう」
「え……」
「そのほうが月本さんも時間取らなくていいでしょ。月本さんがよければだけど。会ってみたいし、弟くんたちにも。ダメかな」
えぇ。まさかすぎる展開。
でも先輩の言う通り、日を改めるよりもそっちのほうが私もありがたい。

「だ、大丈夫ですけど」
「よし、なら決まり」
　そうして、なぜか初対面である善先輩と、柚巳たちを迎えにいくことになり、私たちは一緒に学校を出た。
　幼稚園に向かいながら、善先輩は学園祭に行われるアズコンのステージでの私たちのコンセプトについて軽く話してくれた。
　それから、善先輩が美容師志望であること、１年の頃からアズコンのスタイリストとして参加しているということも。去年はなんと、先輩の担当した３年生のペアが優勝したとか。
　スタイリストもどのペアを受け持つのかは毎年くじで決まっていて、学年もシャッフルで行われているらしい。
「だから、今年は連続優勝目指しててさ。１年がアズコンで優勝するって今までにないし、水牧くんと月本さんなら絶対行けると思うんだ」
　そう言って微笑んだ先輩の目が本気すぎて、さすがにこの人の前で、別に優勝にこだわっていない、なんて言ったら怒られそうで飲み込んだ。
「月本さんは、あんまり優勝にこだわってはいないみたいだけど」
「えっ」
　嘘。バレてた……。
　どうしよう。本気でがんばっている人にとって、こんな私は足手まといでしかないよね。

「……ごめんなさい。ダメですよね。みんな必死にがんばっているのに、こんなやる気のない人間が混じってちゃ。私、もともと目立つのとか苦手で……」

　テキトーにやろう、どうせ落ちるんだから、そんな軽い気持ちで参加し続けていたことに、今更ながら、運営にも他の参加者にも申し訳なくなる。

「そっか。でも苦手ならなんですぐ辞退しなかったの」

　その質問にドキリとしながらも私の気持ちがバレてしまっているならと、正直に話そうと口を開く。

「……えっと、弟たちがずっとクレピスランドに行きたがってて、それで」

「あ──！　ははっ、参加賞目当てか！」

　先輩は納得したように笑った。

「すみません、ほんとに。こんな不純(ふじゅん)な動機(どうき)で」

「え、なんで。めちゃくちゃいい動機じゃん」

「へっ？」

　先輩の思ってもみなかったセリフに、驚いて間抜(まぬ)けな声が出た。

「弟くんたちを喜ばせたいから、だから苦手なことにも挑戦(ちょうせん)できる。すごいと思うけどな。愛情深いんだね？　月本さんって」

「そんな……私は」

　愛情深いなんて大げさな……。

　まさか、私の動機をそんなふうに言ってもらえるなんて思ってもみなくて。

うまく言葉が出てこない。
まるで私自身のことを認めてもらえた気がして。
今まであった後ろめたい気持ちが少し薄れる。
「弟くんたちは、月本さんのステージ見にくるの？」
「え、ま、まさかっ！」
「じゃあ、来てもらおうよ」
「はいっ!?　無理ですよ！」
急に何を言いだすの、善先輩。
舞台に立つということが決まってしまい、それだけじゃない、水牧くんのことだって頭の中がパンクしそうだっていうのに。
醜態（しゅうたい）を柚巳や里柚に見られるとか、ありえないよ。
「カッコ悪いところ、ふたりには見せられないので」
「ちょ、俺が担当になったからには、月本さんのことも水牧くんのこともめちゃくちゃキラキラさせるつもりなんだから。『カッコ悪』くなるわけないから」
「や、その、先輩の腕を疑ってるとかではなく！　私自身がダメダメというか……」
どんなに綺麗にしてもらったとしても、自分がポンコツだから。
小学生の頃の学芸会のトラウマが頭をよぎる。
かわいいドレスを着させてもらえて、みんなからたくさん応援されて。
それなのに私は期待に応えられなかったから。
うつむく私に、先輩は優しく声をかける。

「月本さん知らないの」
「なにをですか」
「大切な人からの応援があるとね、人って無理って思ったことでもできちゃうんだよ」
　大切な人からの応援……。
「知らない人たちにたくさん見られてる、じゃなくて。自分を大切にしてくれている人、好きな人、そういう人たちに届けたいって気持ちでステージに立てるとね、全然違うんだよ」
「……届けたいって、気持ち……」
「月本さん自身は、優勝にこだわらなくていい。そのほうがきっと自然体で魅力的だと思うから。家族のために苦手なこともがんばろうと思える月本さんなら、きっといいステージを作れるよ」
　なんだかすごいな、善先輩って。
　その道のプロというか。
　私よりも２個年上だけど、それでも、その年でそういうことを言えるって……。
「ね。当日ご家族を呼んでみるのも、考えてみてよ」
　そう言った先輩の笑顔に、自然と自分の口角も上がっていて。
「はい、考えてみます」
　そう答えていた。

「えっ……だーれー？」

善先輩と幼稚園に着くと、柚巳が不安そうに私の隣を見上げた。
「お姉ちゃんと同じ学校の人だよ。善先輩っていうの」
「ふ――ん。柚巳は果歩にぃのほうが好き！　ねぇ、果歩にぃ今度いつ家にくる？」
先輩の前でなんてことを。
私も今一番聞きたくない名前なんだけど。
「先輩、ほんとすみませんっ！」
「いいよ、いいよ、俺めちゃくちゃ子ども受け悪いんだよね。これのせいかな」
先輩がそう言って自分の耳たぶを触ると、ピアスが光る。
……正直、私もそれにビビりました。そう心の中で呟く。
「里柚は善くんも好きー！」
と、横から里柚がニコニコはにかみながら言う。
ほんと、我が妹ながら心配すぎる。
確かに善先輩もかっこいいけど。
この歳から面食いすぎないか。
「じゃあ、俺はこれで。また学校でね、月本さん」
「え、あっ、すみません、ここまでつきあわせてしまって」
「や、俺が勝手についてきただけだから。話せてよかった。弟くんと妹ちゃんの顔も見れたし」
「じゃっ」
そう言って横を通り過ぎたと思った先輩が、突然グッと私の耳元に顔を近づけてきた。
「仲いいんだね、水牧くんと」

「……うっ」
　顔を上げて先輩の顔を見れば、不敵に微笑んでいた。
　さっきの柚巳の発言を、しっかり聞かれていたみたい。
　私の肩をトンと優しく叩いて、先輩は行ってしまった。
　……仲いいって、そんなの絶対あるわけないのに。
「ねぇ、おねーちゃん。果歩にぃ、昆虫（こんちゅう）の本持ってくるって言ってたんだけど、いつ来るの？」
　柚巳の声に、今日、試着室で起こったことがフラッシュバックする。
　その名前、今出さないで。
「……来ないよ」
　善先輩の背中を見つめながら呟く。
「え!?　なんで？」
　柚巳がありえないって顔で私を見る。
「お姉ちゃんもしかして、果歩にぃよりもあいつのこと好きになったの!?」
　な、何言ってんのこの子。
「はぁ!?　何それっ！　違うしっ！　ほら、人を指差さないの！」
　どんどん小さくなる善先輩の背中を指差す柚巳に強く注意する。『果歩にぃよりも』ってなによ。
　水牧くんなんて初めから好きでもなんでもないし、嫌いだし。
「えー。お姉ちゃん、果歩くんのこともう好きじゃないの？」
　ちょ、里柚まで。

なんで好きだった前提(ぜんてい)なのよ。
最近の子どもは、なんでこんなにませているのかな。
一気にドッと疲れてしまう。
善先輩も変なこと言うし……。あれは柚巳のせいで完全に変なふうに勘違いされたのだけど。
ていうか……。
「水牧くんのこと好きなのは、里柚のほうでしょ？」
私がそう言うと、里柚がぶんぶんと首を横に振った。
え。あなた好きって散々(さんざん)……。
「里柚はね、果歩くんといるお姉ちゃんが一番好きなの」
「え？」
どういうこと？
「だから果歩くんのこと好き」
……何、それ。
なんでか急に目の奥が熱くなる。まさか、里柚がそんなこと思っていたなんて。
でも、なんでそんなこと言うの。
私、彼といる時って、何か違っていた？
「……里柚、なんで水牧くんといるお姉ちゃんのほうが好きなの？」
里柚が真剣な顔をして考える。
「んー……果歩くんがいる時のほうが、ちょっとだけ、お姉ちゃん楽しそうだから」
嘘でしょ。
そんなことあるわけない。楽しいわけがない。

あんなことするような、あんなこと言うような人といて、楽しいわけが……。

はぁ……。

夜、双子を寝かしつけて自室のベッドにダイブする。

里柚があんなこと言うから、さらに頭の中ごちゃごちゃで。水牧くんに触れられるのは嫌なはずだったのに、でも私じゃ興奮しないって言われて、どこか否定されたようで気持ちがモヤモヤして。

でも他の子を触った手で触れてほしくなくて。

……なんなのこれ。

自分で自分がわからない。

いや……多分これはきっと疲れているせいだ。

最近、一気に色んなことがありすぎたから。

いつもはこの時間、スマホで動画やSNSを見ながらパパの帰りを持っていたりするけど。

今日はもう早く寝てしまおう。

たくさん寝れば、明日には頭が少しはすっきりしているかも。

そう思って、私は布団をガバっと勢いよくかぶって眠りについた。

「美乃里ちゃん」

聞き慣れた声に優しく呼ばれた気がした。

この声は……。

ゆっくり目を開けると、そこにはあの水牧くんが、うちのダイニングテーブルの椅子に座っていた。

なんで、水牧くんがいるの……。

ていうかどのツラさげてうちに上がれるの。

パパが上げたのかな。

それに、いつから私ここに座って……。

「美乃里ちゃんの作るご飯、ほんと美味い」

「え……」

ふわっと笑いながら、水牧くんが私が作ったんであろうハンバーグを頬張る。

幸せそうな顔して食べるんだから……。

その瞬間、自分の胸がキュンと鳴った。

って。何……今の……そんなの、おかしい。

キュンって何よ。

「ねぇ、美乃里ちゃん」

普段より柔らかい声で私の名前を呼ぶから。

目が合わせられない。

昨日は乱暴に触ろうとしたくせに、なんで今日はそんなに優しいの。

調子が狂うじゃない。

「……何」

「俺、美乃里ちゃんの作るご飯、毎日食べたい」

試着室であんなことしてきた時の彼とは思えないぐらいの穏やかな顔。

その顔がさらにフッと微笑んで、私の頬に手を伸ばしたと思ったら、リビングにいたはずだったのが突然、自室のベッドで水牧くんに押し倒された形になっていた。

な……なんで……。

ち、近いよ……。

「ちょ、水牧くん……」

「ちゃんと聞こえてた？　俺、美乃里ちゃんとずっと一緒にいたいんだけど」

突然、何を言い出すの。

そんなのまるで——。

「意味わかんないよ。水牧くん、いつも私のことからかってばっかりで——」

「好きだよ」

そんなことを急に言われても、信じられるわけがないじゃない。

それなのに、心臓はさらに音立ててうるさくなる。

大体、好きな人にあんな嫌がることばっかりする人いないから。

水牧くんのことだ。こんなの誰かれ構わず言ってるに違いない。

今も、ふざけているんだ。

私の反応を見て面白がっている。

きっとそう。騙されないんだから。

そう思っているのに……。

「美乃里ちゃんは？　俺のことどう思ってんの？」

なんで顔が熱くなるの。

「……好きじゃない」

「嘘」

そう呟いた水牧くんの手が、いきなり私の服の中に侵入してくる。

「はっ、ちょ、何してっ」

ぴたっと、彼の指が私の肌に触れてゆっくり滑って。

こんなの……嫌なのに。

「嘘、ついたから」

嘘なわけないし。

私は初めて水牧くんを見た時から、ずっと──。

嫌いだよ。前も、今も。

「この間の続き。ほんとはもっとしてほしかったでしょ」

「そんなわけっ」

早く目の前の彼を突き飛ばしでもしなきゃなのに。

身体が重くてなかなか言うことを聞かない。

「好きだよ、美乃里ちゃん」

何度も耳元で囁かれるその声に身体中が熱くなって。

ダメなのに、頭がどんどんボーっとしてしまう。

水牧くんは、誰にでもこういうことを言ってその気にさせてしまう人。

同じにはなりたくない。わかっているのに。

「もうしないよ。美乃里ちゃんにしか」

「え……」

何、今の。私の心の声が聞こえていたみたいな言葉。

「これからはずっと、美乃里ちゃんのことだけを大事にするからね」

水牧くんがどんどん顔を近づけて迫ってきて。

――キス、される。

反射的にギュッと目をつぶると――。

ピピピッピピピッピピピッ。

大きなアラーム音で目が覚めた。

……嘘でしょ。

最悪な夢を見てしまった。

Chapter 8　ふたりにできた距離

そりゃ、別人みたいに優しかったわけだ。
教室に着いて。今朝の夢を思い出してしまい、大きくため息をつく。
なんであんな夢見ちゃうかな……。
「はぁ……」
深めにため息をついたタイミングで、教室のドアから勢いよく声がした。
「美乃里ー！　決勝進出おめでとう!!」
萌ちゃんとさゆちゃんが勢いよく私に向かってくる。
あぁ……。思い出したくないことをこれ以上思い出させないでほしい。
「なんで知ってるの……」
最終審査があったのは昨日の放課後。
ふたりにはまだなんの報告もしていないはず。
昨日はあまりにクタクタですぐ寝ちゃったから、スマホも全然触れてなくて。
「え、もう１階の掲示板に貼り出されてたよ。アズコン決勝進出の３組の名前」
「マジですか……」
１階の掲示板って全学年に見られる場所じゃないか。
っていうか……。
そこで私は思い出した。

「ふたりとも、あの服は何！」
「あー！　よかったっしょ？　帰り際にすり替えといたの」
「え、じゃあ私の買った服は……」
「ちゃんと新品未使用でフリマアプリに出しといた！」
　とドヤ顔の萌ちゃんに頭を抱える。
「そんな顔してるけど、美乃里、なんだかんだちゃんと着たんだもんね。かわいいな？　えらいえらい」
「……やめてよ、さゆちゃん」
「あの服、果歩くんもさぞ喜んでいたことだろうよ」
「果歩くん、なんか言ってた？」
　なんでここであの人の名前が出てくるのよ。
　名前を聞いたせいで、夢に出てきた水牧くんを思い出してしまってすぐに首を横に振ってかき消す。
「別に……」
「もー」
　と萌ちゃんが口をとがらせる。
　そんな顔されたって、人に話せるようなこと言われてないし。
　そこでまた、萌ちゃんが思い出したように叫んだ。
「てか！　美乃里たちのスタイリストよ！　湯前先輩なんだって!?」
「え、それも貼り出されているんだ」
「あったりまえじゃん！　アズコンは、スタイリストで決まると言っても過言じゃないんだから」
　と萌ちゃんが机に手をつく。圧がすごい……。

「湯前先輩、去年２年生で３年担当して優勝に導いたって話だし」

「その時優勝候補って謳われていたのは他の組だったから、予想外すぎてステージでめちゃくちゃ盛り上がったみたいだよ」

「へー、そうなんだ」

　昨日、本人からちょこっと話は聞いたけど、そんなにすごい人だったんだな。

「湯前先輩もあの独特な雰囲気で、まぁおモテになられるからね？」

　なにやらさゆちゃんがニヤリとする。

「ぶっちゃけ、美乃里どうなのよ」

「え、どうって……」

「美乃里、果歩くんのことはまだ苦手なんでしょ？」

「う、うん……」

『好きだよ』

　夢の中の彼に言われたセリフがなぜか頭の中で再生されてしまう。

　やめやめ。

　考えないようにと思えば思うほど、心臓がうるさくなってしょうがない。

　早く忘れようと必死に萌ちゃんたちの会話に意識を集中する。

「湯前先輩は、彼女いるとか別れたとか、まぁそんな噂は聞くけど、果歩くんと違って、遊んでいるとかは聞いたことなないし。話しやすいって人気だからさ。実際、どう？いい？」

いや、いい？って……。

「昨日少し話した程度だし、まだ何もわからないよ」

「え──」

つまんないと言いたげに萌ちゃんが声を漏らす。

正直今は、善先輩のことよりも今朝見た夢のことで頭いっぱいで。

ほんと、どうしちゃったんだろうか、私。

「まぁまぁ。それで？　美乃里たちはどんなテーマで決勝に出るか決まったの？」

「さゆ、それは本番の楽しみにしといたほうが絶対にいいって！」

「あそっか。今聞いたのはなかったってことで！　本番楽しみにしてる！」

「応援してるからね美乃里！　絶対美乃里たちが優勝だって思ってるから！」

ふたりにそう言われて、昨日、善先輩に言われたことを思い出す。

大切な人たちからの応援……か。

ペアの水牧くんと最後までうまくできるか全然わかんないけど。ここまで来たんだから優勝目指してがんばってみたいかも……。

『明日のお昼休み、３人で詳(くわ)しい話し合いをしよう』

昨日、善先輩にそう提案されて。

私は今、善先輩と水牧くんと一緒に、家庭科室でお昼を食べながらアズコンの詳細について話し合っている。

「ここ、知り合いの店だから結構安く衣装借りられるんだけど、ふたりとも着てみたいのとかある？　テーマに合わせながらバランス見て、できるだけふたりの要望聞きたいと思ってるからさ」

善先輩がそう言ってサンドウィッチを一口かじる。

善先輩がいて本当によかった。

水牧くんとふたりきりなんて今は絶対気まずいから。

……って。

気まずいって何。

いつもみたいに冷たくあしらえばいいだけなのに。

それに、あんなことされたんだからもっと怒ってもいい。

なのに……。なんでいちいちドギマギしてしまうの。

先輩と話しながら、時折、水牧くんと目が合いそうになるたびに、視線を逸らして。

変なの……と自分にツッコむ。

「タキシードも種類が豊富だよ。どれがいい？」

善先輩が私物のタブレットでお店のホームページを開いて水牧くんに見せる。

「あー、なんでも大丈夫ですよ。俺、全部着こなしちゃうんで」

なんてヘラヘラした水牧くん。

この人、あの日のことほんと気にしてないんだな……。

　いつも通りって感じ。
「そりゃ、水牧くんならそうなんだけどさ、できればなんでもいいはナシで。自分で選んで少なからず愛着湧くほうがモチベ的にも大事だし。月本さんも、気に入ったものを何着か選んでね」
「は、はい……」
「じゃあ、次は……」
　ブーブーブー。
　善先輩がさらに話し出そうとした時、テーブルに置いていた先輩のスマホが震えた。
「ごめんちょっと出るね」
　すぐに先輩が通話ボタンをタップして画面の向こう側にいる人と話す。
「はーい、今ちょっと忙し…………え、あ、まじ。わ、ほんとだ。うん、わかった今行く」
　そう言って、スマホを耳から離して電話を切った善先輩が私たちに目線を向ける。
「ごめん。運営からもうひとつ資料もらうの忘れてたみたいで。今取ってくるから、ふたりゆっくり衣装選んでて」
「えっ……」
　思わず声が出た。
『ふたりきりにしないで』
　そう先輩に訴えるみたいに。
「ん？　どうしたの？　月本さん」
「あ……いえ、その……行ってらっしゃい、です」

「うん。すぐ戻るからっ」

先輩はニコッと微笑むと、残り一口のサンドウィッチを頬張って家庭科室を出ていってしまった。

なんてこと……。

一気にシンとなった家庭科室。

先に沈黙を破ったのは——。

「なに。美乃里ちゃんあいつのこと好きなの?」

「はぁ!?」

水牧くんの衝撃的なセリフだった。

ニヤついた声に顔を向けて、今日初めて彼と目が合った。

『好きだよ』

夢に出てきた彼のセリフが再び脳内で響く。

夢の中で起きたこと、仕草(しぐさ)、感触、体温。

ただの夢なのに。思い出すとどんどん熱くなる。

心臓がうるさい。

「うわ。顔真っ赤じゃん。マジかよ」

「え、ちがっ」

この熱っぽさが善先輩のせいだと勘違いされた。

いっそ、先輩に対しての熱ならどんなによかっただろう。

目の前の大嫌いなやつが夢に出てきて、ちょっと甘い言葉を優しくかけられたからって。

こんなのおかしい。

「安心してよ。俺もう、美乃里ちゃんに変なイタズラしないから」

え。どういうこと。

「アズコンが終わったら、俺らの関係は終わり。今からもうなるべく剛さんの店に行かないようにするし、美乃里ちゃんちにも行かない」
「え、ちょ、ちょっと待って」
　水牧くんのまさかのセリフに驚く。なんで急にそんなこと……。いや、私にとっては一番望んでいたことだったはず。だけど……。
「そんな急に……パパも柚巳たちも悲しむよ……」
　私や柚巳たちのことはともかく、パパは、水牧くんを単なる常連さんとして以上にものすごく気にかけていた。
　だから……。
　だから、お店にまで来なくなったら……。
「美乃里ちゃんってほんと、自分の気持ちよりも人の気持ち優先だね」
　水牧くんが、呆れたように言う。
「え……」
「俺が家に来ること本当は嫌でしょ。アズコン以外で関わることも。でも剛さんや柚巳くんたちがって……」
「それは」
　なんでこんなに胸がざわついているんだろう。
　ずっと、一刻も早く彼との関係を終わらせたかったはずなのに。
　その次のセリフを言わないでほしいって思ってる。
「さんざん美乃里ちゃんの気持ち無視して邪魔してきたからね。最後ぐらい、嫌な気持ちにさせないようにするから」

夢と、正反対。

「アズコンが終わったら、ちゃんと他人に戻るから」

ダメ押しのように言う。

「……っ」

何かに押しつぶされたような衝撃だった。

『他人』

水牧くんの言う通り、1ヶ月前まで私たちはそうだった。

なのになんで。

イヤなイタズラされて、憎まれ口叩かれて。

大嫌いだったはずなのに。

もう、同じテーブルを囲んでご飯を食べることがなくなるのかと思うと、胸がギュッと痛くなって。

それなのに——。

「……うん」

そんな返事しかできなかった。

あれから数日。

水牧くんは本当にパパのお店にパタリと来なくなったらしい。最後にお店に来た日、柚巳に渡してほしいと言って昆虫の本を置いて。

パパから、何があったんだと色々聞かれるかと思っていたけど、そんなこともなくて。

柚巳たちも、最初は何度も彼のことを話題に出していたけど、私の反応がずっと薄いからか、口にすることは少なくなっていた。

アズコンに参加する前の生活に戻ったって感じだ。

そんな元通りの日常をずっと待っていたはずなのに。

胸のあたりはずっとモヤモヤしたまま。

学園祭当日に行われるアズコンに向けて、準備は着実に進んでいるけれど、水牧くんはあの発言通り私とは明らかに一線を引くようになっていて。

ちょっと前まで口喧嘩したりキャンプに出かけたりしてたのが嘘のよう。

別に水牧くんに無視されているとかではない。

むしろ、最初の頃に比べて親切というか、イタズラする時のあのワルい顔をしなくなった。

ただ、必要最低限の会話を交わすだけ。

「月本さん、そろそろ時間じゃない？」

放課後。先輩の声で家庭科室の時計に目をやれば、もう双子をお迎えにいかないといけない時間になっていた。

「あ、ほんとだ。ごめんなさい。いつも」

「いいよ全然。次は日曜日だね」

申し訳ない気持ちがありつつも、善先輩がいつも優しくそう言ってくれるから、甘えてしまう。

「気をつけて」

「はいっ」

そう返事をした時、チラッと水牧くんと目が合ったけれど、お互いにすぐに逸らして。

私はそのまま家庭科室を後にした。

「はぁ……」

校舎を出て校門を抜けてから、ため息をつく。

最近、ため息をついてばかりだ。

水牧くんと相変わらずぎこちないのも今の悩みのひとつだけど、双子のお迎えがあって、アズコンの準備に放課後の時間を十分に使うことができないこともふたりに申し訳なくて。

だんだん優勝を目指してがんばってみようかなって気持ちが湧き上がってきた途端、そもそも私はここにいていい存在なのかと不安になる。

今週の日曜日は、パパが休みを取って双子を見てくれるおかげで、善先輩と水牧くんと一緒に、衣装がレンタルできるという先輩の知り合いのお店に行くことができるのは、ひとまず安心だけれど。

……大丈夫かな、私。

水牧くんとの微妙な距離感も、本番も。

あっという間にやってきた日曜日。

「月本さーん！」

待ち合わせ場所は、学校近くの駅。私の名前を呼びながらやってきたのは、テラコッタカラーのシャツの上から大人びたブラウンのテーラードジャケットを羽織り、長い脚がさらに強調される黒のストレートパンツという、なんともまあ、おしゃれな格好をした善先輩。

ピアスも、学校の時より倍は多くつけてるんじゃないかと思う。

善先輩を知らなかったら、絶対怖くて近寄れない。

そしてその横には、淡いミントグリーンの長袖シャツを白シャツの上からゆるっと羽織り、下はグレーのスラックスと、これまた先輩に負けず劣らずの、シンプルで清潔感がありながらやはりセンス抜群の格好をした水牧くん。

全体的にふたりがものすごーく目立っている。このふたり、制服姿でもどっちもすごいオーラなんだから。私服だとお世辞抜きで、テレビに出てくるアーティストやアイドルみたいだ。

その点、私はといえば、薄手の白ニットにデニムパンツというシンプルな格好。このふたりと一緒なんだ。もう少し考えてくればよかった。

「待った？」

「やっ、全然っ」

「そう？　じゃあ行こうか」

善先輩のその声で、私たちは３人一緒に改札へ向かった。

うっ……。

無事に電車に乗り込んで座れたはいいものの。

水牧くんと善先輩に挟まれるように座る形になってしまって、ちょっと、いや、かなり居心地が悪い。車内にいる、特に女の子たちが、善先輩や水牧くんを見てはコソコソと何やら話しているから。

そりゃ目立ちますよね……。

「月本さん」

「っ、はいっ」
　不意に、右のほうから名前を呼ばれた。
　声の主は、善先輩。
「ちょっと肩借りてもいい？」
「っ、え!?」
　か、肩？
　先輩のいきなりのセリフに、ちょっとびっくりして固まってしまう。
「今日寝不足でさー。着いたら起こしてほしい」
「あー……」
　もしかしたら先輩が寝不足なのはアズコンに向けての準備のせいかもなんて考えると、私に断る理由なんてなくて。
　コクンと頷けば、先輩は「助かるー」と言ってすぐに私の肩に頭を置いた。
　ど、どうしよう。
　許可(きょか)したのは自分だけれど、さらに周りの視線が痛い。
　それに、左に座る水牧くんは、今の私たちのこの状況をどう思っているんだろう。
　いや、いやいやいや。
　水牧くんがどう思っているとか、どうでもいいでしょ。
　ていうか、勝手に、私は先輩を好きなんだと勘違いされていたし。
　……訂正(ていせい)、したい。
　今のこの状況のせいで余計そう思われるのも嫌。
　だから……。

「……ねぇ、水牧くん」
　小さく彼の名前を呼んだ。
　すると、すぐに「何？」と返ってきた。
　そんな声を聞くだけで、胸がドキッと音立てて。
　声を発しといて、今更、彼の誤解を解いてどうするんだって考えがよぎってしまい、本当に言いたいセリフが喉の奥に引っ込んでしまった。
「えと、柚巳が、図鑑喜んでた。ありがと」
「そっか。よかった」
「うん。柚巳ってば、あれ毎日読み聞かせしてってうるさくてさ……」
　あれ。
　なんで私、彼との会話を終わらせまいと必死なんだろう。
　今までは、水牧くんが一方的にしゃべるばっかで、こんなの初めてだ。
　まるで、繋ぎ止めようとしてるみたい。
　終わるのが怖くて。最後になっちゃうのが嫌で。
　変だってわかってるのに。
　どうしよう。
　もう私と話したくなかったら、なんて後から不安はどんどん出てきて。
　彼の次の反応が心配で、手に汗握っていると、
「え、なに。美乃里ちゃん、あれ音読してんの？」
　さっきよりも明るい声が隣からしてホッと安心する。
「そ、そうだよ」

チラッと視線を彼に向けて答えれば，「ぷっ」と吹き出した音がした。
「昆虫図鑑を美乃里ちゃんが音読してるの想像したら……ふはっ」
「え、なんで。笑うこと？」
「だって……ハハッ」
水牧くんの笑顔を久しぶりに見た気がして、胸がじんわり温かくなる。
よかった……。
「毎日読んでたから、覚えたよ。アカガネサルハムシとか」
「待って……ムリッ……」
そう言いながら、隣の彼は腹を抱えてクククッと笑っている。
そ、そんなに笑うとこ？
「だって美乃里ちゃん、虫嫌いでしょ？」
「え、なんでそれ……？」
「柚巳くんが言ってた。だからあんまり虫捕りに行きたいって言えないって」
「あっ……そうだったんだ」
まったく柚巳ったらベラベラと。
でも、まさか柚巳がそのせいで虫捕りに行きたいって言うのを我慢してたんだっていう事実に、落ち込んでしまう。
「美乃里ちゃん、前に柚巳くんがセミをお家に持って帰った時泣いたって」
うわ、それも話したの。

確かにセミは苦手で、しかも急に柚巳が見せてきたからびっくりして泣いたけど！

「や、あの、セミは……苦手だけど、でも、私もあの図鑑読んで、かわいい虫もいるんだってわかって、ちょっと好きになったよ！」

あっ。

『好き』

自分で口にして、意識してしまう。

まずい……。

今は、この顔を水牧くんに見られたくない。

だんだん熱くなる耳や頬。

すぐに彼から目を逸らして、正面を向く。

あの夢のせいで、いちいちそういう言葉に敏感になってしまっている。

いかんいかん。

でも……。

今、久しぶりに水牧くんと普通に話していたよね。

それがすごくうれしくて。自然と口角が上がる。

それから20分後電車を降りて。

目的地のお店に着いた私たちは、お目当ての衣装も無事にゲットすることができて。

善先輩の知り合いである店長さんにお礼を言ってお店を出た瞬間、

「よーし！　今日の仕事終了!!　ね、これからお茶しに行かない？　ふたりとも」

大きく伸びをした善先輩がクルッと顔だけこちらに向けて私たちにそう言った。
「あー俺、これからバイトで」
「は、そういえばそうだったね。何時からだっけ」
「3時から」
「うわ、もうすぐじゃん」
ただいまの時刻は午後2時半。
「残念だけど……」と言った善先輩が、「じゃあふたりでいこっか」とつけ足しながらこちらを見た。
え。
水牧くんの都合が悪いなら「それじゃあまた今度」という流れになるかと思ってたからびっくり。
善先輩と私のふたりきりで、お茶するってこと？
それはそれで変な光景じゃないのかな。
先輩はそれでもいいの？
「じゃあ、俺はこれで」
ペコっと先輩に会釈（えしゃく）する水牧くん。
「ん。アズコンが無事に終わったら3人でまた行こ、お疲れさん会」
善先輩にそう言われて「はい」と返事をした水牧くんは、そのまま私たちに背を向けて行ってしまった。
水牧くんとはもうここでお別れなんだ、と彼の背中を見送りながら少し寂しい気分になったのは、多分、気のせい。
善先輩と歩いて、数分。「ここ、ここ！」とテンション高めにおしゃれなカフェを指さした先輩。先輩は誰かと来たことあるのかな。こんなかわいらしいところ。
　彼女さん、とか。
　外から店内を見るだけでも、外のテラスを含めて、女性客が多いのは一目瞭然。
　男の人だけで入るのはちょっと勇気がいると思う。
　店内に入って案内された席に座れば、周りの女性客たちがちらちらと先輩のことを見ていて。
　見た目は少し派手というか、主にピアスの数がいかついのだけど。
　それでも顔はすこぶる整っているので、みんな気になっているみたいだ。
　私もまだ善先輩のこと、どういう人なのかいまいちつかめなくて何も知らないけれど。こういう目立つ人と一緒に外にいるのは、なんだか慣れなくて緊張してしまう。
　席に来た店員さんに、ふたりぶんの飲み物と先輩おすすめのスイーツを注文して、店員さんが奥に行ったのを確認した先輩がお冷を一口飲んで口を開いた。
「月本さん、なんかあった？」
「えっ？」
「実は今日、水牧くんがバイトあるってわかってて、あえてああいう誘い方したからさ」
　それって……。
　私とふたりきりでこうしてカフェでお茶する状況になるのが、先輩の魂胆だったということ？
「どういうこと、ですか」

「月本さんとふたりきりでもう一度、ちゃんと話したかったから」
「えっと……？」
「正直に答えてね。水牧くんのこと、どう思っているの？」
　そんなこと、このタイミングで先輩に聞かれるなんて思ってもみなかった。
　というか、なんでそんなこと聞くんだろう。
「はっきり言って、今の月本さんのままじゃ、本番失敗する」
「っ！」
　それは今、私が一番恐れていること。
「どうしても言えないならしょうがないけど、できれば理由を話してほしい。ふたりがよそよそしく見えるんだよね。このままじゃステージに影響出るよ」
　先輩にそう言われて、テーブルの下に置いた手をギュッと握る。
　変な夢を見たせいで、水牧くんに今までのように普通に接することができなくなってしまったなんて……。そんな恥ずかしい話、まだ知り合って日の浅い善先輩に言えるわけない。
　でも、このまま思い悩んだままだとステージに支障（ししょう）が出てしまうっていう先輩の言葉も、その通りだって思う。
　ファイナルでは、普段着ないような衣装を着て、並んでふたりでランウェイを歩くわけだけど、今の私と水牧くんは、そのウォーキング練習もまともにできてないから。
　今よりも少しでも状況が改善されるなら……ううん、今の私には、先輩に相談する以外の方法がない気がするから。
「……じ、実は」
　私は恥を忍んで、善先輩に夢の話をした。
　笑われるかもしれない、バカにされるかもしれない。
　話しながら、心臓は不安でずっとうるさくて。
　私の夢のことだけじゃなく、水牧くんの様子も最近変わっているっていうことも相談して。
　すべてを話し終えた時、タイミングよく注文した飲み物とスイーツが運ばれてきたので、カラカラに渇いた喉に、頼んだアイスティーを流し込んだ。
「なるほどね……」
「……ごめんなさい、こんな話」
「いやなんで謝んの。無理やり聞き出すようなことしたの俺だし」
　一口コーヒーをすすった先輩が「ていうか」とつけ足す。
「月本さん、その夢のせいで水牧くんへの接し方がわからなくなった理由、わからないの？」
「……えっ」
　何……それ？
「それとも、知らないふり、してんの？」
　善先輩のセリフに、心臓がバクンと大きく脈打つ。
「……きっと向こうも同じでしょ」
　向こうも同じって……一体？
　きっと私が意味がわからないといった顔をしていたのだろう。先輩が拍子抜けしたように尋ねてきた。

「あれ、もしかして月本さんって、恋したことない？」

「はっ？」

こ、恋!?

何を言っているんだろう、善先輩。

恋って。

笑わせないでほしい。

私が誰に恋してるって言うの。

「ち、ちがっ」

「違うって、言ってることと顔が正反対だけど？」

指摘されなくても、今自分の顔が真っ赤なことはわかっている。先輩とも目が合わせられない。

「ふたりとも、鈍いってことなのかな……まぁでも、その様子だと本番困るね。水牧くんのこと意識しすぎて練習にも集中できないわけでしょ？」

「……うっ」

先輩の遠慮のない猛攻撃に、熱さで頭のてっぺんからプシューと湯気が出てしまいそう。

身体の熱を少しでもどうにかしようとアイスティーの入ったグラスを持ってストローをくわえる。

「……じゃあ、俺がウォーキングの練習手伝うよ」

「えっ」

まさかの提案に驚いて顔を上げる。

先輩が私のウォーキングの練習を手伝う？　ただでさえ、スタイリストとしての仕事が忙しいはずなのに。

私のこんな悩みのために時間を割いてもらうなんて申し

訳ない。
「そんな、善先輩いろいろ忙しいじゃないですか……」
「メンタルケアするのも俺たちの仕事だし。水牧くんとやって集中できないなら、こっちでたくさん練習しようよ。どんなに緊張していても、とことん練習して身体に覚えさせれば本番には、形にはなると思うから」
「……でも」
　正直、水牧くんとふたりきりでやるよりも先輩とのほうが変に意識しないで済むって言うのが本音だけれど。
　いいのだろうか。
「月本さんのためだけど、優勝のためでもあるから。それに……俺、好きなんだよねー、こういうの」
「え。こういうのって」
「恋のキューピッドって仕事？」
　注文したモンブランをフォークで切ってパクっと一口食べた先輩が、満面の笑みをこちらに見せる。
「まずは、月本さんが自分の気持ちをしっかり認めるところからじゃない？　受け止めて素直になってさ。じゃないと心の中がぐちゃぐちゃのままじゃ、次に進めないよ」
　……自分の気持ちをしっかり認める。
　認めたくなかった。
　これを『恋』とは絶対に言いたくなかった。
　最低で最悪で。
　あんな男に落ちる女の子の気持ちなんてわからないって、もちろんそれも本心だったけど。

水牧くんと過ごしていくうちに、いろんな顔を見るたびに、自分の気持ちが変わっていった。

勝手に、本当はいい人だって信じたくなって、期待してしまうほど、私は彼のことを……。

「……それじゃあ改めて聞くね。月本さんは、水牧くんのことどう思ってるの？」

「……っ、私は」

きっと、顔も耳も、全部真っ赤。

ずっと熱くてしょうがない。

でも、今は、先輩の力を借りて──。

初めて言葉にしようって思えたから。

このままは、イヤ──。

「……水牧くんのことが、好き、かもしれない、です」

「フッ、『かもしれないです』って。……まぁそれが今の月本さんの精いっぱいなんだろうね。おっけー。俺が全力で応援してあげる」

と満足そうに笑った善先輩に、

「さ、早くロールケーキ食べちゃって！　まっじで美味いから！」

そう促（うなが）されて、私もケーキを一口、口に運んだ。

甘さ控（ひか）えめでさっぱりしてて食べやすい、と勧（すす）められたロールケーキのはずだったのに、今まで食べてきたどのケーキよりも甘く感じられたのは、生まれて初めての恋のせい、なのかもしれない。

Chapter 9　「隣は俺なのに」

〈果歩side〉

「果歩さ、怒ってる？」

　週明け。１時間目の移動教室に向かいながら、泰生が俺の顔を覗いてきた。

　あー、朝からうるさ。

「……怒ってねー」

「嘘。昨日、なんかあった？」

「……だーかーらー」

「あー、湯前先輩が月本さんになんかした？　もしかして取られそうでイラついてんの？」

「っ、だからお前うるさ――」

「ほんとわかりやすいな、果歩って」

　そう言って泰生が肩を揺らしてクククッと笑う。

　なんにも面白くねぇから。

『わかりやすい』

　はたからそう見えてるのも嫌で。

　すべてがムカつく。

「湯前先輩と月本さん、最近いい感じだもんね」

　泰生がそういうことを俺に向けて全部口にするのは、わざとだ。

　感情的に反応したら負けだってわかっているのに、こいつの口から美乃里ちゃんの名前が出てくると、どうしても普通じゃいられなくなる。
　今日はそれに加えて湯前先輩の名前まで出してきたから。黙れなかった。完全に俺がダサいだけなんだけど。
　湯前先輩が俺たちの担当スタイリストになってからだ。
　美乃里ちゃんの様子がおかしくなったのは。
　俺といる時なんかよりもうんと楽しそうで信頼しているようで。
　そりゃ、そうなんだけど。
　剛さんのことも含めて、美乃里ちゃんとはちゃんと距離を置こう、俺みたいな人間が、中途半端（ちゅうとはんぱ）に触れちゃいけないって、今までみたいにからかうのはやめようって、俺なりに思っていたけど。
　いざ少し離れた位置から、自分以外の誰かと親密（しんみつ）そうにしている彼女を見るのは、思った以上にしんどくて。
　美乃里ちゃんは、湯前先輩に警戒心（けいかいしん）なんてきっと一切ない。彼女が男とあんなに自然に話しているのを見たのは初めてで。
『あいつのこと好きなの？』
　そう聞いた時の……あの顔。
　忘れられない。
　あれはどう見ても、完全に先輩に惹（ひ）かれている顔だった。
「そんなに湯前先輩に嫉妬するんなら、素直に気持ち伝えてさっさとくっつけばいいのに」
　泰生はなんにもわかってない。
　わかってないくせにペラペラとうるさい。

　どうせ俺がどうなろうが知ったこっちゃなくて、楽しんでるだけのくせに。
　俺には美乃里ちゃんの隣に立つ資格はない。
　美乃里ちゃんは湯前先輩が好き。
　先輩も美乃里ちゃんを狙ってる。
　これが事実だから。
　昨日の、あのわざとらしい誘い方だって。俺に対しての当てつけにしか見えなかった。美乃里ちゃんの隣は俺じゃない、そう言われてるようで。
「今更、全部おせぇんだよ」
　そんな言葉が漏れた。
「何が？」
「何がって」
　今更惹かれてるかもしれないとか、大切にしたいと思っているとか、俺以外の誰のところにも行かないでとか、全部だよ。
「果歩も美乃里ちゃんも生きてるんだから、なんにも遅くないでしょ」
　なんだよ、それ。
「本当に『遅い』のは、相手がこの世からいなくなっちゃった時だよ」
「……重すぎる」
　泰生って、時折、淡々(たんたん)と物騒(ぶっそう)なこと言うんだよな。
　ていうか、泰生のそういう話ってあんまり聞いたことないかも。

いつも俺のことばっかで。
俺が女の子たちと遊んでいた時も『いつか刺されるよ？』なんて笑ってたけど。
こいつ自身はどうなんだろうか。
まさか、まじで彼女だった人の身になにか……。
「泰生はさ……」
「俺のことよりまず、自分のしないといけないことちゃんと片してよ。果歩はまだまだ間に合うよ」
軽く聞き出そうとしたら、俺の言いたいことがわかってたみたいに泰生が言った。
怖すぎる。エスパーかよ。
まだまだ間に合う……か。
「ていうか『俺に落ちない女はいない』って豪語してたあの果歩がこんなに弱気なの、面白すぎるでしょ」
「はぁ？」
「まぁ、本音を言うと、月本さんに盛大に振られる果歩を見てみたいんだよね、俺」
「サイテーだな」
泰生はそう言うとニコッと笑みを向けてきた。
「あと、ライバルが湯前先輩だけだと思わないほうがいいよ？　最大の敵は身内にありってね」
「はっ……？」

昼休み。
少し外の空気を吸って、頭を冷やしながらご飯を食べようと校舎の裏へ向かう。

美乃里ちゃんを傷つけることは、剛さんを傷つけることになる。

泰生の言う通り、俺のほうが大丈夫ではなかった。

剛さんだけじゃない。柚巳くんや里柚ちゃんだって傷つけたくない。

そして……何よりも。

美乃里ちゃん本人の傷ついた顔を、もう見たくないと思った。

あ――。ほんと俺らしくない。

歩きながら大きくため息をついて、建物の裏へと曲がりかけた時だった。

「ごめんなさい。こんなヒールの高い靴を履いたのって初めてで……」

は？

この声。

聞き覚えのある声がした。

一瞬、彼女のことを考えすぎてしまったせいで聞こえた幻聴(げんちょう)かと思ったけど、

「いいよ、そのための練習なんだから」

もうひとり、最近よく聞くようになった声がして確信に変わった。

恐る恐る、建物の角に隠れるようにゆっくり声のするほうを覗けば。

……!!

見覚えのある男女ふたりが立っていた。

湯前先輩と彼の手をつかんで、ゆっくりぎこちなく歩く美乃里ちゃん。彼女の足元に目をやれば、白色のハイヒールを履いていた。

普段履いてるローファーとスクールソックスをそばに置いて。

……何やってんの。

彼女の手をとってエスコートするのは俺の役目のはず。

なんでこんなところで先輩と……。

いきなり飛び込んできた光景にとまどってしまったけれど。すぐに、あ、そういうことか、なんて納得する。

ふたり、昨日の今日でもうそういうことになっているんだ。俺と別れてから美乃里ちゃんと先輩のふたりでお茶に行くことになって、それからお互いの気持ちを伝え合って、ついにつきあうことになりました、めでたしめでたしって、そういうとこでしょ。

ああ、そりゃそうか。美乃里ちゃん、完全に好きな人に向ける顔してたもんな。

はいはい。

こうやってみると、お似合いかもしれない。少なくとも、俺が隣にいるよりも、美乃里ちゃんはずっと楽しそう。

わかっているつもりだったのに、いざこうしてふたりだけの世界を見せつけられると、もう全部終わったって感覚になる。

思考（しこう）が暴走（ぼうそう）していくのを止められない。

俺よりも、湯前先輩が決勝に出たほうがいいんじゃないのか。ほら、スタイリストが急遽参加って、話題性も抜群じゃん。

泰生の言葉でちょっと、まだ間に合うかもなんて思っていたのが恥ずかしい。

てかなんだよ、間に合うって。

俺みたいな男は、美乃里ちゃんとどうにかなるとか無理な話なんだって。

もう疲れた。色々考えること全部。

手に持った、購買で買ったパンに目を向ける。

あぁ、あったかい手料理が食べたい。

剛さんのお店に行くのをやめてから、まともなものを食べていない。

目を閉じて浮かんできたのは、美乃里ちゃんの作ったハンバーグ。

最悪。ほんと最悪。

この俺が、こんなだせぇ人間になるとか。

湯前先輩のそばに立つ美乃里ちゃんを見て、嫉妬と同時に、ずっと心臓うるさいんだから。

隣は俺がいい。

怒った顔も笑った顔も全部、俺が一番近くで見ていたい。

どんなにそう願ったって美乃里ちゃんの中に俺がいなきゃ意味ないのに。

バカだな。

さんざん傷つけておいて、今更すぎるだろ。

そんなことは痛いほど自覚している。

初めは、俺にこれっぽっちも興味のない美乃里ちゃんにムカつくって感情しかなかったのに。

剛さんの娘さんだからとか、きっとそんなんじゃない。

知らぬ間に彼女に落ちていたのは、完全に俺のほうで。

「……きっつ」

喉の奥に何か詰まったような感覚と心臓のバクバクとした音。苦しさ全部が漏れ出たような声は、足元のコンクリートに消えた。

「ちょっと話したいんだけどいい？」

それは突然のことだった。

湯前先輩直々(じきじき)に呼び出されたのは、校舎裏でふたりを見た日から３日後のこと。

湯前先輩と、屋上に続く階段でふたり。

「水牧くんのクラスは学園祭なにやるの？」

「お化(ば)け屋敷(やしき)カフェらしいです」

「へー！　面白そう」

いや、こんな話わざわざするために呼び出したんじゃ、絶対ないだろ。

クラスのやつらは、アズコン関連で俺が先輩に呼ばれたんだと思ってそうだったけど、そんなはずはない。

先輩のオーラがいつもと違う。

おおかた、美乃里ちゃんと正式につきあうことになりましたとか、そんな報告だと思う。

聞きたくねぇに決まってる、そんなもの。

「あの、話ってなんですか？　アズコンのこと、ではないっすよね」

俺のセリフに先輩はわずかに片方の口角だけ上げてニヤリと笑った。

「おぉ？　勘がいいね、水牧くん」

そう言った先輩が一歩、俺との距離を縮める。

そして、優しく俺の肩に手を置いたかと思えば、その整った顔を俺の耳元に寄せた。

「“美乃里ちゃん”の話」

囁くようにニヤついた声で。

先輩はいつも、彼女のことを「月本さん」と苗字で呼ぶ。それなのに、今は強調するかのようにわざとらしく、俺が普段呼ぶみたいに呼んだから。

今の俺にとって美乃里ちゃんがどういう存在なのか、湯前先輩に見透かされているみたいな気分になった。

「……じゃあ、単刀直入に言うね」

ゴクン、と生唾を飲み込む。

これを聞いてしまったら、美乃里ちゃんとの関係が終わってしまうという恐怖で。

終わらせると自ら彼女に伝えといて、どこまでも矛盾しすぎている自分に呆れる。

もうほんとに——。

終わり——。

「月本さんのこと、もらっていい？」

「は……？」
　予想外すぎる先輩の言葉に固まってしまう。
　『もらっていい？』ってなんだよ。
　晴れて先輩のものになったんじゃないのかよ。
　それで、めでたしめでたしの報告をするんじゃ……。
「あ、ごめんね。水牧くんと月本さんがつきあってるわけじゃないことは知ってるから、彼氏でもない水牧くんにこういう聞き方するのは違うんだろうけど」
「……」
　そうだ。
　なんでわざわざ俺の許可がいるんだよ。勝手にすればいいことなのに。
「水牧くんの顔に『彼女を取らないで』って書いてあるからさ？　一応、話しといたほうがいいのかと思って」
　は？　なんだそれ。
　てか待って……ほんとうに、ふたりつきあってねぇの？
　この間見たあの光景は……。
　ふたりきりでお茶したり、こそこそウォーキングの練習したりしてて。完全にふたりの世界に入り込んでいるように見えた。
　美乃里ちゃんも先輩には心許してるみたいだったし。
　しかも、俺の顔に書いてあるってなんだよ。
「で、どうなの？　いい？」
「別に……」
　別に、なわけがない。

　けど、今の俺に何が言えるっていうんだ。
「ふーん」
　そうテキトーに相槌を打った先輩の手がおもむろに伸びてきたかと思うと、長い指が俺の頬に触れた。
「ちょ」
「本当にいいの？　俺が月本さんにこんなふうに触れて」
「……っ」
　美乃里ちゃんが俺以外の男に触れられる。
　なんにも染まっていない純白(じゅんぱく)の彼女に、誰かが触れる。
　俺にそれを拒否する権利(けんり)はない。わかっているけれど。
　そんなの……。
　想像しただけで……。
「無理っすね……死ぬほどイヤ……っす」
　目の前に伸びていた手首を強く捕まえて、自分の顔から引きはがした。
「ふはっ。ここまでしねぇと素直に言わねぇのな」
　先輩はニヤリと笑った。
　んだよ、そのまるで試してたみたいな言い草は。
　先輩は「水牧くんって、ちょーめんどくさいね」と、さらに笑う。
「水牧くんってなんで自分の気持ち、そんなに押し殺してんの」
「なんでそんなこと聞くんですか」
「質問に質問で返さないでよ」
　全然わかんねぇ、この人が何考えているのか。

「美乃里ちゃんのこと好きでつきあいたいなら、俺のことなんかほっといて勝手にすればいいでしょう」

俺は本当にバカだ。

美乃里ちゃんとどうにかなる前にこうして声をかけてくれたことに、内心ホッとしていたくせに。

なんで気持ちとは正反対のことばっか。

ひねくれすぎにも程があるだろ。

「んー、第一に水牧くんが今のままだとアズコンで勝てそうにないから。俺、アズコンに、まぁ命かけてんだわ。第二に水牧くんってほっといたらぽっくりいきそうだから」

「……は？　ぽっくり？」

先輩、俺のこと舐めすぎでしょ。

「ぽっくりは言いすぎたかも。訂正する。ごめん。でも、月本さんが本格的に誰かのものになったら、水牧くんそれこそダメになっちゃいそうだからさ。廃人っていうの？」

「……」

ほんと容赦ないなこの人。

でも……。

認めたくないけど。

「まぁとにかく、最終的に決めるのは月本さんだからね」

そう言った湯前先輩が、さっき俺の頬に触れた手でこぶしを作って俺の胸を軽く叩いた。

「自分のここで全部わかった気になって、何もしないうちに勝手に色々終わらせんなよ」

「……」

　なんでこの人は、怖いぐらいに色々言い当てるんだ。
「今、ふたりを誰よりも輝かせようとしてるのはこの俺。言い方変えたら、一番ふたりのことを知ろうとして見ているのは俺だってこと。見てたら自然と気づくよ」
「……は、はぁ」
　正直、先輩には嫉妬するばっかりで、俺のほうが全然スタイリストとして見えなくなっていた。
「わかったらもう少し高校生らしい恋愛してよ。考えるのは大事だけど、考えすぎるのもよくないからな」
　まさか、先輩の口からそんな励(はげ)ましの言葉が出てくるとは思ってもなくて……。
　すげぇ驚いているけど、胸の内にあったモヤモヤがほんの少しスッキリした気分になった。
「……すみませんでした、それと、ありがとうございます」
　俺は深々(ふかぶか)と頭を下げた。
「おいおいおい、何お礼なんか言っちゃってんの。わかってんの？　俺、水牧くんの恋敵(こいがたき)だよ？　ただ、正々堂々と闘(たたか)おうよって言いたかっただけだからさ」
　そう言って爽(さわ)やかに笑う先輩。
「正々堂々って言う割には、練習手伝ったりして抜け駆けしてますよね」
「懐(ふところ)に入るのがうまいって言ってくれないかな。てか見てたの。えっちー」
　えっちって……。
　別に俺は練習してるのを見ただけ……。

いや、俺が知らないだけで、見てないところで他にもなにか変なことした可能性だって……。

そんな考えを察したのか、先輩が先手(せんて)を打って説明する。

「安心して。まだなんにもしてないよ。まだ、ね。水牧くんがあんまりタラタラしてたら俺の抑(おさ)えも効かなくなっちゃうかも」

先輩は楽しそうにそう言うと、俺の肩を優しく叩いてその場を後にした。

Chapter10　たくさんときめかせて

〈果歩side〉

ついにやってきた学園祭当日。

人、人、人。校舎はどこも、来場者であふれている。

この学校の制服を着ている生徒を見つけるほうが難しいんじゃないかってくらい。

アズコンファイナリストはクラスの出し物への参加は自由とされているため、中にはそれを利用して、宣伝や演説じみたことをする人もいるらしいけど、俺は校舎の中をブラブラ歩いている。

学校の門から昇降口、教室や廊下。

全部が色とりどりに飾られていて、いつも通っている場所じゃないような感覚になる。中学の頃に比べて、高校の学園祭ともなると規模がすごい。

「わー！　果歩くんだ！　明日のステージ、絶対見にいくからね！」

廊下の窓からそれぞれのクラスの出すいろんな模擬店を眺めていたら、女の子たちから声をかけられた。

「ありがとうー」

作るのに慣れた笑顔でそう言えば、キャッキャと女の子たちが騒いで頬をピンク色に染める。

本日何度、女の子たちに声をかけられたかわからない。

さっきはツーショットを撮ってほしいと頼まれた。

女の子たちの反応に、以前は何かが満たされていくような感覚があったのに。

今はまったく。

逆に、彼女たちに罪悪感（ざいあくかん）が生まれる。

以前の俺なら心の底から喜んで引き受けたはずなのに、今は対応を終えるたびに、ドッと疲れてため息が出そうになる。

俺って、今までどんだけ女の子のことを軽く見てたんだろう。

ふいに名前を呼ばれたら条件（じょうけん）反射のように笑ってしまうのは、まだまだ癖で仕方ないけど。

この間、湯前先輩に言われたこともずっと頭の中でぐるぐるしている。

一歩踏み出さないといけないことはわかっているけれど、何をしていいかわからなくて。

勇気を出せたとして、今度こそ強く拒絶されたら。そう思うとさらにためらってしまう。

『自分のここで全部わかった気になって、何もしないうちに勝手に色々終わらせんなよ』

先輩に言われた言葉をふと思い出す。

勝手に終わらせるな、ね……。

ん？

そろそろ自分の教室に戻ろうかと、渡り廊下を進んでいると、目線の先に見覚えのある背中が見えた。

確か、お化け役を買って出たあいつは、頭に斧（おの）が刺さっているように見えるかぶり物を着けていた。

見間違えるわけがない。

あいつ、泰生が誰かと話しているのが見える。

泰生がちょっと身体をずらした瞬間、相手の顔がチラッと見えて。

バチっと音が聞こえたかのようにしっかり目が合った。

「……水牧くん」

「え？」

彼女の発した声により，泰生がこちらを振りかえった。

「おー、果歩ー」

『おー』じゃねぇよ。

「なんでお前が美乃里ちゃんと話してんのっ」

そう言いながら身体は勝手に動いていて、俺はふたりの間に割り込むように立っていた。

「なんでって……月本さんと話をするのに、果歩の許可がいんの？」

「……っ、お前は変なこと吹き込みそうだから」

「ふはっ、何それー。ほら、ね？　月本さん。こいつひどいでしょ？」

『ね？』って、さっきまで一体何を話してたんだ。

「言ってやってよ。果歩より俺のほうが話しやすいって」

「……ははっ、そうですね」

まじかよ……。

シンプルに傷ついてる自分がきめぇ。

久しぶりに話せたと思ったら、泰生を通してとか。最悪。

ていうか……。美乃里ちゃんのその格好は何？
そんな格好して歩くとか聞いてないんだけど。
そもそもアズコンのファイナリストは、クラスの出し物に参加しなくてもいいわけで。
それなのに、目の前の彼女は制服ではない、明らかに学園祭用の衣装の格好をしている。クリーム色のワンピースに、ふわふわで長い茶色のしっぽがついていて。サラサラの髪には、これまた普通の猫耳よりもサイズの大きなふわふわで茶色の耳。
これは……キツネ、だよな。
「かわいいよね」
黙ってくれ泰生。
かわいいってレベルのものじゃないから。
こんなの……。
「月本さんのクラス、パンケーキ屋さんなんだって。パンケーキにいろんな動物の絵をチョコペンで描(か)いてくれるらしいよ？　月本さんの友達がめちゃくちゃ描くの上手いって。あ、果歩、今から一緒に行かない？　俺、次まで時間あるし——」
まだ泰生が話している途中にもかかわらず、俺の身体は勝手に動いていた。
「ちょっと」
「え」
俺の行動に、ふたりがきょとんとしてしまったのも無理はない。

「水牧くん……何して」

　美乃里ちゃんの手首をつかんだまま歩き出す。

「泰生とは回らない。他当たって」

「……俺のこと振るのか」

　しょうもないことを呟く泰生を無視して、美乃里ちゃんを見る。

　正確には、目なんてまだ合わせられないんだけど。

「ごめん、美乃里ちゃん」

　一言彼女にそう言って、俺は歩き出した。

　――ガラッ。

「っ、ちょっと水牧くん、一体なんのまね……」

「……無理」

「え？」

　俺の気持ちなんてなんにも伝わっていない、困惑(こんわく)したままの彼女と、空き教室にふたりきり。ドアを閉めて、教室の中央まで歩いた俺はその場にしゃがみこんだ。

「あの、水牧くん？」

「なんでそんな格好してひとりでふらふら歩いてんの。いつも一緒にいる友達は？　今日、外からいろんな人が来てんだよ？」

「……えっ、と？」

　急な俺からの質問責(ぜ)めに、美乃里ちゃんはあからさまにとまどった顔を見せる。

　そりゃそうだ。でも、全然止められない。

「つか、俺らはクラスの出し物出るの免除(めんじょ)されてんじゃん」
「あ、うん。けど友達が、アズコンのファイナリストの私がこれ着て歩いたら、いい宣伝になるんじゃないかって言ってくれたから……」
　美乃里ちゃんはそう言うと、突然、俺の目の前に立ってクルッと背中を向けた。
　え。クリーム色のワンピースの背中には色とりどりのペンで『1－1　アニマルパンケーキ』と書かれていた。
　その下には色んな動物のイラスト。
　確かにすこぶる上手い。ご丁寧にも『東棟(とう)　3階』と教室の場所まで。
「さゆちゃんていう子がすっごく描くの上手くて。すごいでしょ」
「……まぁ」
　すごいというかなんというか。
　これって結局……。
「美乃里ちゃんはいいわけ？　こんなの利用されてるみてぇだけど」
　どうして。
　これ以上関係を悪化(あっか)させたくないって思っているくせに、俺って、口を開けばそういうつっかかる言い方しかできないのか。
　我ながら呆れて仕方ない。
　怒らせてしまった、また間違えた。
　そう感じてすぐに謝ろうと顔を上げたけど。美乃里ちゃんがあまりにも予想外の顔をしていたので、謝罪の言葉を飲み込んでしまった。
彼女は優しく微笑んでいて、俺の前に同じようにしゃがみ込んだ。
何これ。
こんなの……ズルすぎだろ。
……無理……キツネ美乃里ちゃんかわいすぎるんだけど。誰だよ、この反則的な耳を美乃里ちゃんに着けようって言い出したの。
キツネ姿の美乃里ちゃんに理性が壊れそうなのを必死に耐えている俺におかまいなしに、美乃里ちゃんが話しはじめた。
「これを提案された時、こんな私でもみんなの役に立てるんだってうれしかったの。それがたとえ、利用されているだけだとしても」
その穏やかな声に、俺の心臓も落ち着いていく。
こんな格好、いくら友達のお願いでも、今までの美乃里ちゃんなら断りそうだと勝手に思っていたから、そのセリフは意外で。
「私ね、今までずっと、学校のイベントごととか友達関係とか、割とどうでもいいって思っていたタイプで。けど、高校に入ってアズコンの出場者に選ばれて、水牧くんとペアになって……」
俺の名前を口にした瞬間、勘違いかもしれないけど、少し恥じらうように目線を逸らした美乃里ちゃんがかわいくて。落ち着いたと思っていた心臓が、また大きくドクンと鳴る。
「……う、うまく言葉にできないけど、家族以外の繋がりももっと大切にしていきたいって思えたんだ」
柔らかい美乃里ちゃんの笑顔に、今まで心の中でぐちゃぐちゃ絡まっていたものがゆっくり解けていくような感覚になる。
「応援してくれる人たちがいて、そんな人たちの期待に応えたいって思えるようになったの。少しずつだけど。そう思えたのは、ずっと、家のことも弟たちのことも全部ひとりでやらなきゃって抱えてたものを、水牧くんが半分こにしてくれたことがきっかけだと思う」
「えっ、俺？」
まさかのタイミングで自分の名前が出てきて、思わず声を出してしまった。
「うん。アズコンのことも柚巳たちのことも。だから、がんばってみたいって思える余裕ができた」
そんな、大げさな。
「俺、なんもしてねぇよ。……むしろ」
美乃里ちゃんをたくさん傷つけてばかりだったじゃん。
なのに、なんでそんなこと言えるんだよ。
勝手に家に押しかけて、飯までごちそうになって。
その挙句、泊まったり。
それ以上に、必要以上に触れて、意地悪なことして、迷惑かけた。

傷つけることも、たくさん言った。
そんな俺に、なんでそんな言葉をかけてくれるんだ。
「ううんっ。悔しいけど、水牧くんは、いっぱいしてくれたのっ」
『悔しいけど』って。そんなところがやっぱり美乃里ちゃんで、胸がギュッと鳴る。
やっぱり、失いたくねぇよ。
「だからっ、もう終わりとか、他人に戻るとか、そんな悲しいこと言わないでっ」
え。今、なんて？
美乃里ちゃんの声が心なしか震えていて、泣いてるようにも感じた。
「美乃里ちゃん」
「おかしいってわかってる。最初は水牧くんのこと大嫌いだった……でも、さっき、水牧くんと目が合ってこうやって話ができてること、……それがうれしいの」
世界が俺を殺そうとしているんじゃないかってぐらいの破壊力(はかいりょく)。今、思いのまま彼女に触れられたらどうなってしまうだろうか。
夢じゃん……こんなの。
美乃里ちゃんが、俺と話せてうれしい、とか。
「……ひ、引かないでよ」
「いや、なんでそうなんの。引いてないから」
「だって、何も言わないからっ」
「っ、そりゃ、なんて言えばいいかわかんねぇだろ」

嫌われてると思っていた相手から、そんなこと言われたら誰だって驚きで、言葉なんて簡単に出てくるわけがない。

「やっぱり引いてるじゃん……あー穴掘って入りたい」

「ほんと全然違うから、待って本当に」

もう絶対、間違えたくないから。

とっさに彼女の手を握った。

心臓がうるさい。

落ち着け、俺。そう自分に言い聞かせる。

「……美乃里ちゃん、今日、……俺と一緒に、回ってほしい」

「え……今なんて」

「何回も言わせないでまじで」

「っ、い、いいの？」

『いいの？』

美乃里ちゃんの口からそんなセリフが聞ける日が来ると思うかよ。

感動で……ちょっと泣きそう。

「そんな格好でひとりでうろうろされたら、気が気じゃないから」

そう言えば、美乃里ちゃんはぽかんとする。

この顔、意味わかってないな。

アズコンに選ばれるぐらいなんだから、少しは自分が目立つってことを自覚してほしい。

「あーもう。かわいすぎるからヤローに捕まるぞってことだよ。だから俺が見張るって言ってんの」

女の子には今までさんざん、挨拶のごとく『かわいい』

を言ってきたのに。
　美乃里ちゃんに向かってだと、こんなに心臓破裂（はれつ）しそうになんの、もう完全に病気だ。
　今絶対、史上最強にだせぇ顔してるから見せらんねぇのに、彼女がどんな顔をしているのか気になって仕方ない。
　恐る恐る目を向ければ、顔を真っ赤にした彼女と目が合った。
　そんな顔しないでよ……期待してしまうじゃん。
「顔……真っ赤」
「だって！　水牧くんがっ」
　そんな涙目で言わないでよ。
　彼女のせいで、今にも止まってしまいそうなぐらい心臓が激しく音を鳴らせているのに。
　どこまでも冷静さを装うために必死なんだから。
「行ってくれるの？　行かないの？」
「い、行きますっ」
　これ以上、こんな密室（みっしつ）でふたりきりとか本格的にやばくなりそうだから。
　彼女の返事を聞いてすぐ、手を伸ばして。美乃里ちゃんの小さな手を取って、一緒に空き教室を出た。

〈美乃里side〉

　仲直り、ってことでいいのかな。
『美乃里ちゃん行きたいところある？』
　空き教室を出てすぐに、水牧くんがそう聞いてくれて。

『クレープが食べたい』と言う私の要望に応えて、校舎の外の中庭に並んだ模擬店へと向かってくれた。

水牧くんに突然連れられてからずっと、心臓がうるさい。

久しぶりに話してこんなにドキドキするなんて。

「あいつ……泰生と何話してたの」

人ごみをかき分けながら、水牧くんがボソッと聞く。

「あぁ、えっと、菱田くんがクラスの宣伝チラシ配ってて、もらったの」

そう言いながらワンピースのポケットから四つ折りにしたチラシを見せる。

『お化け屋敷カフェ』と、不気味(ぶきみ)なフォントで書かれたチラシ。

「私のこと知っててくれて、アズコン応援してるって言ってくれて」

菱田くんが水牧くんの友達だっていうのは、ほんとついさっき知ったばかり。

「それから？」

「え？」

「あいつ、他に変なこと言ってなかった？」

「えっと……特には」

『果歩と月本さんって、俺的にすごくお似合いだと思うんだよね』

実はそんなことを言われたなんて、さすがに私の口からは言えない。

「ほんと？」

急に、水牧くんが私の顔を覗き込むように聞いてくるから、その距離の近さに息が止まりそうになった。

心臓に悪いよ!!

「本当にっ。何も、ないからっ」

「ん。ならいいけど。気をつけてまじで」

ちょっと前まであんなふうに私に触れていた水牧くんに、『気をつけて』なんて言われる日が来るとは。

それにしても……。

さっきの私、ずいぶん大胆なこと言ってたよね……。今になってすごく恥ずかしくなってきた。

恋って怖すぎる。

『だからっ、もう終わりとか、他人に戻るとか、そんな悲しいこと言わないでっ』

あんな恥ずかしいことも平気で言えるようになってしまうんだから。

「え、美乃里ちゃん、クレープ食べたことないの」

中庭に着いて、クレープの屋台を見つけて列に並んで。

私にとって今回が人生初クレープであることを伝えると水牧くんに驚かれた。

「だって、高いから」

水牧くんは、友達とか、女の子たちとか、何度も人と食べたことあるんだろうな。

そう思うと胸のあたりがチクッと痛い。

私が知らないことを水牧くんはきっとたくさん経験して

いる。
「じゃあ、好きなだけトッピングとか選んでいいよ」
「……えっ？」
「俺のおごり」
「いや、悪いよ」
「美乃里ちゃんと違って俺、バイトしてるから。金あんのよ」
「いやいや、そんなのっ、私自分で――」
　そう言いながらポケットに手をかけたのと同時に、水牧くんが口を開いた。
「美乃里ちゃん、財布持ってないっしょ」
「あっ」
　そうだ。今着てるワンピースのポケット、スマホも財布も入らないから萌ちゃんたちに預かってもらってて……。
　唯一入ったのが、さっき菱田くんからもらったチラシとハンカチぐらい。
　今の私、完全に手ぶら状態だ。
「ほんとごめん、急いで今から取りに――」
　そう言って、急いで教室に戻ろうとした瞬間、肩を優しくつかまれた。
　そのまま身体が引き寄せられて、全身が甘い香りに包まれる。
　な、何、ごと。
　後ろから水牧くんの腕が首回りに巻きついていて身動きが取れない。
　周りから「きゃー！」という黄色い声が聞こえて、この状況が現実なんだと再確認する。
「ちょっ……」
「……離れんな」
　ええっ!?
　ふっと耳元にかかった低い声に反応して、ドキンと大きく胸が鳴る。
　熱い。
　耳も、顔も、身体も、全部。
　あまりにも突然のことすぎて固まってしまう。
　ここは外。たくさんの人がいる。
　こんなところでこんな大胆なことをして……。
　いや、プレイボーイで有名な水牧くんが公衆の面前でこういうことしても、違和感はないのかもしれないけど!!
　今の私にとっては刺激が強すぎるからっ!!

「本当に追加のトッピングよかったの？」
「うん。そのままでも十分すぎるよ。本当に……あの、ありがとう」
　あれから人目が気になりながらも、なんとかクレープをゲットでき、少し離れたベンチに水牧くんと座る。
　私が頼んだのはいちごバナナ生クリーム。
　水牧くんが頼んだのは、照り焼きチキンサラダ。
　見た目だけでもすごく美味しそうでかわいくて。
　さっきのお店、調理している子の中にクレープ屋さんでバイトしている子が何人かいるって言っていたっけ。

だからこんなに盛りつけがうまいのだろうか。

学園祭の模擬店クレープ、あなどるなかれ。

これが最近世の中でよく聞く『映え』かあ。

あ、そうだ、写真!!

こんなにキラキラふわふわしててかわいい食べ物、写真に収めなくては。

「あ、水牧くん、ちょっと待って、並べて写真撮ってもいいかな!」

そう言いながら、ワンピースのポケットに手を入れようとした時。

「……あ」

「美乃里ちゃん、今スマホ持ってないでしょ」

私の声とほぼ同時に水牧くんがそう言った。

やってしまった。

私、何回このミスするつもりなんだろうか。

「いいよ、俺ので撮って、後で美乃里ちゃんのとこに送るよ」

「……え、あ、ありがとうっ」

今日だけで何回、水牧くんにお礼を言っているのだろう。

水牧くんは慣れた手つきでさっとスマホをカメラ画面に切り替えて、ふたりぶんのクレープをいい感じに写真に収めてくれた。

「こんな感じでいい?」

水牧くんが画面に向けていた目線をいきなりこちらに向けて来たので、

「う、うんっ」

その近さにびっくりしてぎこちなく返事をしたまま、とっさに目を逸らしてしまう。
水牧くんのこと、意識しすぎだよ……私。
前は全然こんなんじゃなかったのに。
好きだって自覚したとたん、こんなに違うなんて。
恐ろしすぎる。
「早く食べよ。午後からもっと人増えるだろうし、今のうちにたくさん回っておかないと」
「うん。そうだね。いただきますっ」
そう言って私たちは一緒にクレープを頬張った。
パクッ――。
んん!!
甘いクリームとほんのり塩気のあるクレープ生地(きじ)、絶妙(ぜつみょう)な味のバランスに自然と顔がほころぶ。
さらにふた口噛めば、いちごの酸味(さんみ)とバナナの甘さが口いっぱいに広がって。
口の中がスイーツのパラダイスだ……。
「お……美味しいっっ!!」
「うん、うまい」
こんな美味しい食べ物を私は今まで知らなかったなんてっ!! いつか、絶対、柚巳と里柚にも食べさせてあげたいっ!!
いや、いつかなんて遅すぎる。今すぐ共有したいよ。
「持って帰りたい……」
「ふはっ、ほんと姉バカだね、美乃里ちゃん」

私がこのクレープを持って帰りたいと思った理由が、双子たちであることをすぐに察してくれた水牧くんに、また胸がキュンとして。

こういうところなんだ。

一見やなやつかと思いきや、ちゃんと人のこと見てる優しさが垣間(かいま)見えるから、嫌じゃなくなってしまう。

「柚巳くんたちも学園祭来れたらよかったのにな。でも剛さん忙しいか」

「あ、ううん。明日、一応、来てくれる予定。アズコンのこと話したから」

「え、まじ？　……美乃里ちゃんがアズコンのこと話したの、ちょっと意外」

そうだよね。

あんなにアズコンに対して非協力的だった私が、急にやる気を出しているわけだから、意外と思われるのも無理はない。

「……善先輩が、家族に見てもらったらって言ってくれたんだ」

「……あぁ、そっか」

心なしか、水牧くんのその声がさっきよりも力がない気がした。

だんだん空気が沈(しず)んでいくような感覚に、何か言わなきゃと焦っていたら、彼のほうから、わずかに空気を吸う音がした。

「……美乃里ちゃんさぁ、先輩のことどう思ってんの？」

前に、水牧くんに善先輩のことが好きだと勘違いされて、誤解を解けないままだった。

改めて聞かれるとも思ってなくて少し驚いたけれど、今はちゃんと、話せる。

「善先輩のことは、尊敬(そんけい)できる先輩のひとりって思ってる。恋愛対象ではないよ」

先輩に対しての気持ちが、恋じゃないのは自分が一番よくわかっている。

何もかも違うもん。ふたりきりになった時、好きな人とそうじゃない人とでは。

自分が自分じゃないみたいに、身体が勝手に熱を帯(お)びて、胸だってずっとうるさくて苦しくて。

それなのにその痛みすら心地よくて。

温かくて。

終わってほしくない、ずっと続けばいいのにって願う。

もっと、知りたい、知ってほしい。

触れてほしい、触れたい。

私以外を見ないでほしい、なんて。

わがままに思うのにそれ以上に臆病(おくびょう)にもなって。

そんなふうに自分の気持ちも身体もうまくコントロールできなくておかしくなっちゃう相手は、今、私にとってたったひとりだけ。

全然違うから。

「……そっか、うん、……よかった」

「え……」

今、水牧くん……。『よかった』って言った？
耳を疑ったままチラッと彼を見れば、視線が絡んで。
優しく微笑まれた。
なんで、そんな目をして私を見るの……。
初めて見る水牧くんの優しい微笑みに、思わず恥ずかしさで目を逸らしてしまった。
ベンチに座る私たちの前をたくさんの人が行き交い、あちこちから呼び込みの声や来場者の話し声がして、もしかしたら聞き間違いだったかもしれないと何度も自分に言い聞かせる。
どうしよう……水牧くんの顔が見れない。
自分の熱を覚ますために、クレープを食べることに集中する。
美味しい……。
そうだ、この美味しさで頭の中いっぱいに……。
「美乃里ちゃん」
ふいに優しく名前を呼ばれて振り向けば、水牧くんが、自分の口の端を人差し指でトントンとした。
「えっ……」
考えごとでうまく思考が回らないでいると、
「夢中すぎ。妬(や)くわ」
突然、水牧くんの手が伸びてきて、その指が私の口の端をそっと拭(ぬぐ)った。
一気に心拍(しんぱく)数が跳ね上がる。
うるさい。外の音が聞こえなくなるぐらい。

自分の胸の音が。

せっかく、どうにか自分を落ち着かせようとクレープに集中していたのに。

またしても頭の中は、目の前にいる彼でいっぱいになってしまう。

なんでそういうことばっかりするの。

水牧くんの行動に固まってしまっていると、フッと笑った彼が、そのまま指についたクリームを舐めた。

「うま。俺も甘いのにすればよかった」

いや……。

どんな甘いクレープよりも。

今は、キミの存在が一番甘いから。

終始ドキドキしながらなんとかクレープを食べ終わった後は、他のクラスの映像作品を見にいったり、いろんなゲームに参加したりして。

なんだかんだものすごく学園祭を満喫してしまっていた。他のみんなはせっせと働いているのに、アズコンのために特別扱いされているのが申し訳なくなる。

でも、一応背中には宣伝を背負ってるわけだから……いいよね。歩いていると、私の背中を見たお客さんたちが反応しているのも聞こえていたし。

「半分は回れたんじゃない？　この多さだと今日で全部は難しそうだけど」

「うん、そうだね」

「美乃里ちゃん、他に行きたいところある？」
「あ、えっと……これ」
　少々ためらいながら、ポケットに入れていたチラシを広げる。
「え、お化け屋敷だよ。大丈夫？　無理しなくても」
「ううん、行きたい」
　本当は、水牧くんが自分のクラスだけを避けてるような気がしていたから言いづらかったけど、せっかくだし、水牧くんのクラスの雰囲気を味わってみたい。
　普通のお化け屋敷はあんまり好んで入らないけれど、カフェと言われればちょっと気になる。
「俺らのクラス、ノリうるさいやつばっかだからさ。美乃里ちゃんに対しても変に絡むと思うけど、まじで無視していいから」
「うん。大丈夫」
「……ん、……俺が大丈夫じゃねんだよ」
「え？　何？」
「なんでもない。行くか」
　ボソッと水牧くんが何か言ったけど、よく聞こえなくて聞き返せば、サラッとそう返されて、私たちはそのままお化け屋敷カフェを開いてる水牧くんのクラスへ向かった。
「……いらっしゃい〜」
　水牧くんたちの教室に着くと、長い髪で顔を隠して血だらけの白い着物を着た女子が不気味な声で迎えてくれた。
　内装（ないそう）は、ザ・お化け屋敷という感じで少々、いやかなりグロテスクなところもあるけれど、普通のお化け屋敷と違って照明が明るいので思ったより怖くはないかも。中に入ると、意外とお客さんが多くてにぎわっていた。

　店員さんの生徒と内装は完全にお化け屋敷感満載だけど、テーブルに座るお客さんたちの表情はみんな笑顔で楽しそう。

「あれ？　果歩くんじゃんっ！」

　私たちを席まで案内しようとしてくれた女子生徒が振り向きざまにそう叫んだ。

　さっきまで髪の毛で前が良く見えていなかったのかも。振り向いた拍子に髪が揺れて、水牧くんに気づけたらしい。彼女の一言によって、周りが一層騒がしくなりだした。

「おー果歩！　果歩もなんか着てくれよ！　お前がいたほうが絶対女の子の客増えるからさー！」

「え、てか、月本さんじゃん！　かわいい格好してる！　キツネ？　これキツネだよね！」

「あ、は、はい……一応」

　お客さんの目なんて関係なしにどんどん話しかけてくる水牧くんのクラスメイトは、スケルトンの衣装を身にまとっている。

「お前ら……」

　気づいたらぐるっとクラスメイトの人たちに囲まれていて、水牧くんが呆れたように声を出した瞬間、

「はいはーい、みんな騒がないで？　他のお客さんに迷惑だかんね？」

その間に、菱田くんが入ってきた。
「はい、全員持ち場に戻る」
彼の声によってみんなは「はーい」と返事をしながらしぶしぶはけていった。
すごい……。完全に菱田くんがクラスを仕切ってる。
「……泰生」
「あー、お礼なら、月本さんのナース姿で」
「殺すぞ」
「ちょ、お客さんが怖がるからやめろよ。物騒だなぁ。気をつけてね、美乃里ちゃん。ごゆっくり」
『ナース姿』というワードにちょっとびっくりしたけれど、ふたりがあまりにも息ぴったりに話すのを見て、相当仲がいいんだと実感しながら、案内された席へと座った。

「注文決まった？　月本ちゃん」
少しして、さっき案内してくれた着物姿の女の子が私たちの注文を取りにやってきた。
先程の幽霊（ゆうれい）っぽい口調はどこへやら。完全に格好とは真逆のテンションで話している。
しかも、『月本ちゃん』って。
私たち、確か初対面、だよね……。
青白いメイクで隠れているけれど、よく見ると顔のひとつひとつのパーツが綺麗に整っていて。普段はすごく美人さんなんだろうな。
身長もスラッとしててモデルさんみたい。

水牧くんとも親しそうだったし、彼の周りにはこういう子がたくさんいるのかと思うと、勝手に落ち込んでしまう。
「えっと……」
机に置かれたメニューに目をやりながら考える。
さっきクレープ食べちゃったから甘いものよりもご飯系が食べたいかも……。
でも、ネーミングだけで気になる食べ物がいくつかあって迷ってしまう。
ていうか……。
この流れ、また水牧くんにごちそうしてもらうことになってしまうわけで……。
「……私、アイスティーで」
「だけ？」
そうツッコまれる。
うっ。
そりゃそうだよね、わざわざこんな特殊なカフェに来て、普通のアイスティーだけ注文するって。ちょっと変かも。
でも……。
「あと、指入りカレーと目玉パフェ。それから血液ドリンクにゾンビプリン」
水牧くんが注文を続けてつけ足した。
すごいネーミングだ……指入りとか血液とか……。
「りょーかい。ちょっと待っててねー」
注文を取った女の子はそう言って、席を後にした。
「美乃里ちゃん、俺が誘ったんだから遠慮しないでよ。メニューのパフェをガン見しながらアイスティーで、とか、面白すぎるって」

「えっ……あっ」

　恥ずかしい。そんなわかりやすいように見ていたなんて。水牧くんの言う通り、確かにパフェめちゃくちゃ気になっていたけれど!!

「ご、ごめんなさっ――」

「ふたりで一緒に食べよ」

　醜態をさらしてしまったことを慌てて謝ろうとしたら、彼の声がさえぎってそう言った。

「お待たせ！　見た目グロテスクだけど味は最高だよ!!　ごゆっくり～」

　少しして、もう完全に幽霊感がなくなっている女の子が、私たちが注文した料理をテーブルに運んできてくれて。

　そそくさと別の席へと注文を取りにいってしまった。

『ふたりで一緒に食べよ』

　さっき、彼は確かにそう言った。

「はい」

「あ、ありがとう」

　差し出されたカレー用のスプーンを受け取る。

「さっき美乃里ちゃん甘いの食べたから、先にそっち食べて。悪いけどパフェの最初の一口は俺から行く」

「あっ、うん。ど、どうぞっ」

　先に私がカレーからって、まるで私の心が読めてたみたいで、またときめいてしまう。

　ダメだ……今日の水牧くんは一段とすごいドキドキさせてくる。
　顔に熱が集中する前にと、水牧くんへの意識を目の前のカレーに移してパクっと一口いただく。
「……ん！　美味しいっ!!　水牧くん、これ美味しいよ!!」
　思わずその美味しさに目を大きく開けて目の前の彼を見る。見た目がすごいから、逆に味とのギャップにやられてしまった。
「……っ、そんなキラキラした目で言わないでよ」
「へっ？」
　キラキラって……。
「見てるのが俺だけならいいけど」
　水牧くんはこちらからサッと目を逸らして、ちょっと不機嫌そう。
　何よそれ……。
「美乃里ちゃん」
　返す言葉に困っていると、水牧くんのほうから私の名前を呼んだ。
「なに……」
「あー、と」
　突然、水牧くんが控えめに口を開けながら声を出す。
　え。
　水牧くんが何を伝えようとしているのかわからなくて、ん？と首を傾げると、
「カレー、一口ちょうだい。あーんして」

机に頬杖(ほおづえ)をついた彼が、そう言った。
「なんで……しないよっ、自分で食べて」
そんな恥ずかしいこと、こんなたくさんの人のいるところでできるわけないでしょう。
「やだ」
「はい？」
『やだ』って、そんな子どもみたいな……。
「見せつけねぇと。今、美乃里ちゃんといるのは俺だけなんだから」
一体なんの話をしているの。
「見せつけるって誰に……」
「美乃里ちゃん、周りの男にめちゃくちゃ見られてんの気づいてないの？」
周りの男？　目線を別のテーブルに向けると、他のお客さんにサッと目を逸らされた気がした。
さっきまでこっちを見てたってことなのかな？
「アズコンファイナリストって自覚、まじでもう少し持ったほうがいいよ」
そんなこと言われたって……初めてのことばっかでわかんないよ。
ていうかみんなが見てるのは水牧くんのことでしょ。
「だから、あーん」
「『だから』って、理由になってないからっ」
「じゃあ、パフェあげなーい」
「えっ」

パフェ、一番気になってたのに。

だから思わず声が出た。

確かに水牧くんのお金で頼んだものだから、私がもらうほうがおかしな話なんだけど。

でも……。

「食べたい？」

「……ちょっと」

負けてしまった。

「じゃあ、カレーちょーだい」

「……くっ」

一度すれば、パフェをもらえるんだ。

緊張で手が震えそうになりながら、なんとか彼の口元にスプーンを持っていくと。

水牧くんが一口カレーを食べた。

「うま。さすが泰生が隠し味にこだわっただけあるな」

「え、これ菱田くんが作ったの？」

「レシピをね。あいつカレーにはうるせーから」

「そうなんだ」

そんな一面が。

今度機会があれば、教えてほしいな。カレーのレシピ。本格的なお店の味だよ。

「じゃあ、今度は美乃里ちゃんにお返し。ほら、口開けて」

そう言って、水牧くんがパフェのクリームをすくったスプーンを、私の目の前に差し出した。

「ええっ！」

あまりの恥ずかしさに顔が熱くなる。

首をフルフル振っても、水牧くんには許してもらえず、にっこり微笑みながら私に促す。

周りの視線を痛いほどに感じる。

もうこうなったら！

なかばヤケな気分で、目を閉じて口を開けた。

それから私たちはテーブルに乗ったスイーツを一緒に食べて。お腹いっぱいになって教室を出た。

「すっごい美味しかった。水牧くん、今日は何から何までありがとうっ」

彼の教室の前でペコッと頭を下げる。

「……お礼言うのはこっちだから。つきあってくれてありがと」

「……うん」

水牧くんと関わるようになってわかったこと。彼は思ってたよりもたくさん『ありがとう』を言う人。

『つきあってくれて』

そのセリフにそれ以上の意味なんてないのはわかっているのに、また胸の鼓動が速くなって。

まだ一緒にいたいなんて思ってしまう。

「……あのさ、美乃里ちゃん」

名前を呼ばれて顔を上げたら、スッと目を逸らされた。

そんな彼の耳がほんのり赤い気がして。

「アズコン、終わったら……」

「あー!!　美乃里こんなところにいたー!!」
　水牧くんの言葉を、背後から聞き慣れた声がさえぎった。
「さゆちゃん、萌ちゃん、」
「ずっと帰ってこないから、心配してたんだよ？　美乃里ひとりにしたうちらも悪いけど。トイレもついていくんだったって」
　と、クラスTシャツを着たふたりが私に駆け寄る。
　どっからどう説明しようかと悩んでいると、
「ごめん。美乃里ちゃんのこと勝手に連れ回したの、俺だから」
　水牧くんが私をかばうようにして一歩前に出た。
　『勝手に』なんて全然違うのに。
「えええええ？　かか、果歩くん！　ふぇ？　ちょ、ふたりで回ってたの!?」
「ごめん……」
　とさらに眉を下げて言う水牧くんに、萌ちゃんたちがさらに慌てだす。
「や！　ううん！　美乃里がひとりじゃなかったのなら全然！　うん！　大丈夫！　むしろ果歩くんとのツーショットがアズコン以外で見れるとか!!　眼福!!　感謝!!」
　眼福って……また変なこと言ってるよ、萌ちゃん。
「あ、てか、そう。うちのクラス、山田さんが体調不良で欠員出ちゃってんだよね。美乃里、少しの間ヘルプお願いできないかなって」
「本当申し訳ない、ふたりの邪魔したくないんだけどさ!!」

と、さゆちゃんと萌ちゃん。
まじですか。それはすぐ行かなくては。
「水牧くん、今日は本当に……」
「ん。行っといで」
あんまり優しく言うもんだから、さらに名残惜しくなってしまう。
けど……。
「じゃあね」
そう言って、振り返った瞬間。
「美乃里ちゃん」
「えっ」
フワッと甘い香りが鼻先をくすぐったかと思えば、後ろから優しく肩をつかまれたまま、
「明日のアズコン、がんばろうね」
耳元でそう囁かれた。
……耳が、熱い。
放心状態になってゆっくり振り返った時には、水牧くんの背中は見えなくなっていた。
「何あれ──!!」
一部始終を見ていたさゆちゃんと萌ちゃんがそう叫んで。そのあと私は初めて、水牧くんとのことや自分の気持ちをふたりに話すことになった。

Chapter11　大好きなみんなに囲まれて

ついにアズコン本番当日。

学園祭の２日目。午前中、アズコンファイナリストは、正午に行われるステージに向けてスタッフを含めみんながせっせと準備をしていて。

最終確認や衣装やメイクのチェック、すべてを終えた時には、あっという間に、アズコンの開幕(かいまく)時間が迫ってきていた。

ど、どうしよう……。

昨日の夜までなんともなかったのに。

今日は起きてからずっと、緊張で鼓動がうるさい。

普段土曜日も仕事のパパも、今回はアズコンのためにと休みを取ってくれているから、朝ご飯を作ってくれていたのだけど。

緊張からかあまり喉を通らなくて。パパにはすごく申し訳ないけれど、自分でもびっくり。

メイク室からステージ裏に向かっている途中に見えた、ステージを観にきているお客さんの多さにさらに圧倒されてしまって。

どんどん緊張が大きくなる。……大丈夫かな。

『おねーちゃん、今日見にいくからね！』

『おっきな声でおねえちゃんの名前呼ぶからっ』

『リラックスして楽しんで。美乃里なら大丈夫』

朝、柚巳と里柚とパパに言われたセリフが頭に浮かぶ。
『美乃里ならぜ――ったい優勝できるよ！』
『あー衣装楽しみだなあ！』
学校に着けば、さゆちゃんや萌ちゃんも口を揃えてそう言ってくれて。
思い出すのは、小学生の頃の学芸会での大失敗。
大丈夫大丈夫。
たくさん練習したんだし、セリフだってないようなものなんだから。
何度も自分に言い聞かせていると。
ピロン。
手に持っていたスマホが震えた。
『会場、着いてるよ。ふたりとも大はしゃぎ』
パパからのメッセージ。
ドクンドクン。心臓が、うるさい。
どうしよう。一気に不安が押し寄せてくる。
――ガチャ。
「それではみなさん、舞台袖のほうへの移動をお願いします!!　まもなく始まります!!」
控え室にやってきたスタッフさんの声に、ファイナリストの女性陣（じん）が立ち上がる。
私も急いで、彼女たちとともに控え室を後にした。

「さぁ、みなさん、今年もやってきました！　梓ヶ丘高等学校ミス・ミスターコンテスト!!　司会を務めますのは、わたくし――」
　舞台の袖。
　司会を務める先輩の声がマイクから伝わって。
　それに応える興奮した観客の声が響きわたる。
　……す、すごい盛り上がっている。
「うっわ、月本ちゃんやばー」
　私たちの後にやってきた男性陣のひとりが、こちらを見てそう言った。
「めっちゃかわいいね？　こりゃやばいわ」
「ちょっと、ライキ、あんた私とペアでしょ？　そりゃ美乃里ちゃん、かわいいけどさ！」
　この人たちは３年生。
　その言葉にそばにいた女性が笑いながらツッコむ。
　バッチリ決まったメイクと赤を基調（きちょう）にしたドレスがものすごく似合っている。
　そんな人たちにほめられて、お世辞だとしても悪い気はしなくて。それでも、それよりもずっと緊張で心臓がおかしくなりそう。
　ほめられればほめられるほど、プレッシャーが大きくなって、絶対に失敗できないって思うから。

「男性陣のみなさんは反対の袖からの登場になりますので、移動お願いします」
　スタッフさんの指示でミスターファイナリストたちがぞろぞろと動き出した時、私もみんなの輪から少し離れ後ろへと移動する。
　ダメだ……どうしよう。
　はじまるっていうのに。
　心臓が今にも飛び出しそうで息苦しい。
「美乃里ちゃん？」
　２年生の先輩に名前を呼ばれたけど、それに答える余裕もなくて。
「……す、すみませんっ、ちょっと、お手洗いにっ」
「えっ、今？　その格好で？」
　驚く声を無視して、私はステージの袖から離れて関係者用通路へと飛び出した。
　無理だっ。やっぱり、無理だよ。
　あと数分もすれば、あの舞台に立たないといけない。
　わかってるのに。
　足が全然動かなくって。
　露(あら)わになった肩も、手も、冷たい。
　どうしよう……このままだったらたくさんの人に迷惑かけちゃう。
　なのに、手の震えも足の震えも止まってくれなくて。
　小さい頃の記憶が蘇(よみがえ)る。
　私を囲む人たちみんなが、私のセリフを待っていて。
　舞台の袖からヒソヒソざわざわと声がして。
「うぅ……」
「美乃里ちゃんっ」
　っ!?　後ろから聞こえた声に肩が大げさに跳ねる。

　ゆっくりと振り返れば、オフホワイトを基調とするタキシードをまとった水牧くんが、こちらに駆け寄ってきて私の肩に優しく手を置いた。
「……美乃里ちゃん、震えてる……」
　目を見開いたまま顔を上げた水牧くんからとっさに目を背ける。
「無理かも、ごめんっ」
「え？」
『俺の顔に泥塗ったら許さないから』
　初めてちゃんと話した時、彼にそんなことを言われたのを思い出す。
　ごめん、水牧くん。
「怖い……私にはやっぱり無理だよ。優勝なんて、できないっ、あの時みたいに、大失敗しちゃう…」
「あの時って…………あっ」
「水牧くんと月本さん、そろそろスタンバイお願いします」
　スタッフさんが私たちの名前を呼ぶのが聞こえても、全然動けない。
「はい！　今行きますっ！　美乃里ちゃん……」
「無理……足、動かないの……ごめん、水牧くん、私っ」
　声も震えたまままそう言った瞬間。
　フワッと空気が動いたかと思うと、優しく引き寄せられて。身体が水牧くんの甘い香りに包まれた。
「み、水牧……くんっ？」
「大丈夫だから。俺、その話なら多分、剛さんから聞いた」

「えっ」

パパから？　パパったら、水牧くんにそんな話までしてたの……？

私のことを抱きしめたまま、水牧くんが続ける。

「小３の頃の学芸会、だっけ？」

「うっ、うん……」

耳に届く彼の声がうんと優しいせいで、さっきよりも落ち着いている気がする。

「あの時は、舞台の上で美乃里ちゃんひとりだったでしょ。……でも今は――」

ゆっくりと肩を離されて、ふわりと笑った水牧くんと瞳がぶつかる。

「俺がいる」

「え」

「どーよ。嫌いだった男に抱きしめられた気分は。緊張とかそれどころじゃないっしょ」

ニヤリと笑う水牧くん。でもその瞳はとても優しくて。

「……っ」

そりゃ、緊張よりも目の前にいる水牧くんへの胸の高鳴りが一番で。

一瞬、震えていたのを忘れていた。

「袖からまっすぐ歩いて舞台の真ん中。そこまでがんばって歩いて。待ってるから」

『待ってるから』

その一言にじわっと目に熱が集まる。

「できなくても無理でも、行くぞ。美乃里ちゃんの代わりなんていねぇんだから」
　ポンと優しく背中を叩いてもらって。
　その拍子に足が一歩前に出る。
　動いた。
　まだ、手は少し震えているけれど。
　その手を水牧くんに優しく引かれながら、ゆっくりと私は舞台袖へと戻った。
　もう、他のメンバーは表に出ていて、袖には私たちふたりとスタッフだけ。
「……ちゃんと、待っててよ」
　反対側の袖へと向かおうとする水牧くんのタキシードの裾を思わずつかまえる。
「ちょ、美乃里ちゃん……」
　本当は、今、ひとりにしないでほしい。
　そばにいてほしい。
「そんなかわいいことされちゃったら、俺、全員が見てる前でチューでもなんでもしちゃうけど」
「はっ、それはやめてっ！」
　チューって、あの観客席にはパパや柚巳たちもいるんだから！
「ふははっ、それでこそ美乃里ちゃんだ。待ってるから」
　そう言って柔らかく笑った水牧くんは、私の頭に優しく手を置いてから、行ってしまった。

「そして！　最後に登場するのは、このコンテスト一番の注目ペア!!　果歩&美乃里ペアです!!」
　最高潮（さいこうちょう）に盛り上がった司会者の声と、うわー！と叫ぶお客さんたちの歓声。
「……ううっ」
　足がすくむ。
　特に長ゼリフがあるわけでもない。
　たった一言だけ。
　あの頃と違うのはわかっている。
　でも……。
　慣れない高いヒールに、着たことのないキラキラ輝く重たいドレス。
　つまずいて転んだらどうしようとか、水牧くんの足を引っ張ったらどうしようとか、どんどん最悪な状況を想像してしまって。
　でも……。
　ゆっくりと深呼吸して顔を上げれば、正面に立つ水牧くんと目が合った。
　その瞬間、彼が微笑みかけてくれた。
　そして……。
　（だいじょーぶ）
　口パクでそう言って、ピースサインを向けてきた。
　水牧くん……。目の奥が熱くてしょうがない。
　そうだ。あの時とは違う。
　私はひとりじゃないから。

うん。
大丈夫。
大丈夫。
「3秒前」
隣からスタッフさんのカウントが聞こえて。
「3、2、1、どうぞっ」
私は大きく一歩を踏み出した。

私たちの衣装のテーマは『おとぎ話の王子さまとお姫さま』。お姫さまなんて、この私に似合うわけがないと思っていたけれど、コンセプトを決めるのはスタイリストさんの仕事で、それは絶対というルール。
身体が自分のものじゃないみたいに重くて。
動きはぎこちなくてカチコチになりながら、舞台の真ん中で私を待っている水牧くんのほうへ向かって歩く。
お客さんのことを考えないように。
まるで今、私と水牧くんふたりだけかのように。
意識を彼だけに集中させる。
心臓のバクバクした音と緊張は史上最高にマックス。
あと3歩が、2歩がすごく長く感じて。
そんな中、やっと舞台の真ん中に着いた時。
目の前に立つ彼が、柔らかく微笑んだ。
そして。
「あなたのような美しい姫を、わたしは見たことがありません。一緒にわたしのお城に来てくれませんか？」

と、テーマに合わせたセリフを口にした。
一瞬頭が真っ白になる。
「……っ……あっ」
どうしよう、なんて言うんだっけ。
『はい、喜んで』
そうだ。たったそれだけのセリフなのに、渇いた喉に舌が張りついて思うように声が出ない。
そのせいで、少し落ち着いたと思っていた緊張が再び込み上げてくる。
どうしよう。
どうしよう。
言わなきゃ、いけないのに……。
視界の端にチラついて見えたたくさんの観客。
私が何も言わないから、何かあったのかとざわざわしているのがわかる。
最悪だ。
ここまでせっかく、水牧くんが連れてきてくれたというのに――。
その時だった。
「あー、そうだったね」
え？
突然、笑いながら、観客席に聞こえる声量で発した水牧くん。
そんなセリフはなかったはず。ぽかんとしている私をよそに、彼は続けた。

「キミは誰よりも美しくて、そして誰よりも素直じゃない女性だ」
「えっ」
もしかして……これって水牧くんの、アドリブ？
水牧くんがこちらに笑いかけた瞬間、突然、彼の長い手が伸びてきて。
ものすごく一瞬だった。
身体が宙（ちゅう）に浮いて。
「ちょっと、水牧くん!?」
思わず彼の名前を呼んでしまった。
『王子さまとお姫さま』
ランウェイを歩いている間、私はそうでないといけないのに。けど、そんなことは気にしないと言わんばかりに、会場が一気に湧き上がる。
まさかこんな公衆の面前でお姫さま抱っこされてしまうなんて。
思ってもみなかったいきなりすぎる展開に、緊張よりも恥ずかしさで顔が熱くてしょうがない。
本当はこのまま、舞台の中央から客席へと延びたランウェイをふたりで並んで歩くはずだったのに。
私を抱きかかえたままの水牧くんが、胸を張って堂々とランウェイを歩きはじめた。
「ちょっ、下ろして、水牧くん！　こんなの台本にっ……」
ちゃんとセリフを言えるか、ちゃんと歩けるか。
そんな不安は一気に吹っ飛んでしまい。

今は、今すぐ彼の腕の中から離れたくてしょうがない。
たくさんの人に……この姿を見られているなんて。
観客を見ることができなくて、水牧くんの胸に顔を隠す。
「かーほ、って」
「え……？」
声がして目線をわずかにあげれば、すごく至近距離に彼の整った顔があって、息を呑む。
「……俺のこと、名前で呼んで」
その声に、ドクンと胸が大きくなって。
……なに、これ……。
でもこのままじゃいられないから。どうにか降ろしてもらわなくちゃ。
「っ、か、果歩、おろしてっ」
恥ずかしさで死んじゃいそうだ。
こんなみんなの前で、水牧くんのことを下の名前で呼ぶなんて。
「ふっ、嫌だね」
「はっ!?　ちょ！」
そんなの意地悪すぎるよ。
「そんな真っ赤な顔で言われても、全然説得力ないから」
そう、彼がニコッと笑った瞬間、会場がさらに黄色い歓声に包まれた。
「そんなに降ろしてほしいなら」
みんなに聞こえない小さな声が耳に届く。
「……美乃里ちゃんのほうからキスしてよ。ほっぺでいいから」

「はぁっ？」

正気かと、目を見開いて彼を見れば、得意の笑顔を向けられた。

嘘でしょ……。

キスって……。

『ほっぺでいいから』ってなによ。

どこでもダメだから!!

私と水牧くんはそんな関係じゃないのに。

今日はパパや柚巳たちも見にきてるのよ……。

無理に決まってるじゃない。そんなハレンチなこと。

水牧くんの大バカ!!

……でも。

このままだとずっと水牧くんに抱き上げられたままになってしまうわけで。

他のファイナリストもスタッフも、お客さんも。

私たちのせいで待たせるわけにはいかない。

「美乃里ちゃん」

まるで急かすように私の名前を呼ぶから。

あぁ、もう。

最悪だ……。

ほんっとうに最悪だ。

こんなことに、ドキドキしちゃっているんだから。

「……バカッ――っ」

私は小さくそう呟いてから、ギュッと目をつむって。

唇で彼の頬に触れた。

その瞬間、会場全体が一気にどよめいて、その日一番の歓声だったと思う。

「……っ、ヤバ」

すぐに唇を離せば、静かにそう呟いた水牧くんとバチッと視線が絡む。

そんな彼の耳が赤くなっている気がして。

一瞬、私から目線をそらした水牧くんが、ふたたびこちらに目を向ける。

「よくできました」

目を細めてニッとあげた口角。

そんな表情にさえ、胸が高鳴ってしょうがないなんて。完全に病気だ。

「さ、もう一度」

突然声音(こわね)を変えた水牧くんが、そう言いながらフワッと私を下ろす。

「先ほどのわたしの質問に答えてくれるかな？　お姫さま」

ひざまずいて、こちらに手を差し出した水牧くんは、完全に王子さまモードに戻っている。

「これから先ずっと、わたしはあなたと共にいたい。一緒にわたしのお城に来てくれませんか？」

どうしてだろう。

ただの演技(えんぎ)に決まっているのに。

その瞳があまりにも真剣に見えて、胸がギュッと締めつけられる。

よくわかんないけど、すごく目頭が熱くなる。
私の答えは、決まってる──。
あの頃とはもう違う。
たったひとの短いセリフ。
「はいっ、喜んでっ」

「……がんばった」
パフォーマンスが終わり、水牧くんと並んで舞台裏へ戻った瞬間。
グイッと腕を引っ張られて。
私はそのまま、水牧くんの腕の中へと収まった。
あまりにも優しい声が耳から入って、私の身体全体にしみる。
「ありがとう、美乃里ちゃん」
そう言った水牧くんの声がかすれていて。
「っ、ちょっ」
あんまり強く抱きしめてくるもんだから少し引き離そうとその肩に手を添えれば。
小刻みに震えていた。
……な、なんで。
なんで水牧くんが震えてるの。
意味わかんないよ。
「水牧くん……」
「今日が昔以上に美乃里ちゃんのトラウマになったらどうしようって、……怖かった」

「……えっ」
　嘘。そんなこと考えてたの。
　全然わからなかった。
　水牧くんはいつも通りで。
　いつも通り、みんなの王子さまで。
　私も気づけば夢中で。だから……。
「水牧くんの、おかげだよ。最初は怖かったけど、でも、水牧くんがそばにいてくれたからっ、私こそ……その……ありがとうっ」
「ほんと、よかった」
　そう言って、彼の抱きしめる力がまた強くなる。
　そのたびに、この速い鼓動の音がバレちゃうんじゃないか心配だけど。
　周囲の音できっと聞こえていないと信じたい。
「……私、ちゃんとできてたかな……変じゃなかったかな」
　抱きしめられたままそう聞けば、優しく身体が離されて。吸い込まれそうなその瞳と視線が絡む。
「上出来。キスも完璧だった。本当は唇がよかったけど」
　彼のその発言に、カァッと顔が熱くなる。
　なんで今それを言うかな!!
　ていうか、冷静になって考えると、なんであんなところであんなこと言ったかな!!
「……もう！　ああいう勝手なこと本当にやめてよねっ！あんな大勢の前でっ」
　さっきまでの記憶がふたたび蘇って、熱で頭が蒸発(じょうはつ)してしまいそうになる。
　なんてことをしてしまったんだ……。
「ああでもしないと余計なこと考えて、集中してくれないと思ったから」
「っ、だからって……」
「実際、俺で頭の中いっぱいになったでしょ？」
　図星すぎて思わず目を逸らしたら、顎に彼の長い指が添えられて。強引に目を合わされた。
「答えて」
「……っ、……ちょ、ちょっと、だけ」
「ふはっ……あー無理やりにでも笑ってないと、やべーわ」
「……え？」
　水牧くんの情緒（じょうちょ）がおかしい。
　笑ったと思ったら真顔（まがお）になって。
「今ここで美乃里ちゃんのこと食べちゃいそうってこと」
「い、意味わかんないから!!」
　そう言って慌てて彼から距離を取れば、さらにフハッと笑われて。
　何考えてるのか全然わかんない。
　やっぱりこの人は危険だ、とさらに一歩下がろうとしたら、長い手が伸びてきて、私の両頬を包み込んだ。
「……ドレス、すっげぇ似合ってる。あそこにいた人間が全員これ見たのかと思うと無理」
「……っ」
「かわいいよ。美乃里ちゃんが圧倒的優勝だから」

水牧くんはそう言うと私の頭をポンポンと優しくなでてから、反対の袖へと戻っていった。

「「美乃里!!」」
アズコンの授賞式が終わり、裏から会場を出ると、萌ちゃんとさゆちゃんが一目散にこちらに走ってきて、私に飛びついた。
「ふたりとも……」
「んもう、めちゃくちゃよかったよ、美乃里！」
「まっじで完全にお姫さますぎて、ぶっちぎりでかわいかった!!　最高だったよ!!」
ふたりが涙目で強く言ってくれるので私もなんだか泣きそうになってしまう。
「それからっ」
さゆちゃんがぐっと息を溜めて、ふたりがいっせいに声を出す。
「「優勝おめでとうっっ!!」」
そう、私と水牧くんは、アズコンで優勝することができたのだ。さっきも、スタイリストをしてくれた優勝の立役者、善先輩にもおめでとうって言われたけど。
まだ少し信じられない。
私たちの名前が呼ばれて、そこから続いたセレモニーまで、あまりにもキラキラしていて、頭の中が真っ白になって、まるで自分が夢の中にいるように記憶がぼんやりとしているから。

「……フフッ、ありがとうっ」
　ふたりには昨日、水牧くんへの気持ちを話しているから、こうして話すのがまだ少し恥ずかしい。
「ほんっとに素敵なステージだったよ。特に美乃里が水牧くんにチューするシーンなんてっ」
「あの美乃里が、自分からあんな大胆なことしたんだもん。自覚した途端の恋、すんごいパワーだよね」
「ちょ、あれは水牧くんに言われたからでっ」
「おねーちゃ――んっっ!!」
　萌ちゃんたちがすんごい勘違いをしていたので（実際、頬にキスは私からしたものだけど）慌てて訂正しようとしたら、聞き覚えのある大好きな声が、その場に響いた。
「柚巳っ!!　パパたちも!!」
　パタパタと走るかわいらしい足音が近づいてきて、その後ろには、里柚を抱っこして歩くパパの姿も見えた。
　ギュッ。
「おねえちゃんかわいいっ!!　本物のお姫さまだ！」
　そう言う柚巳が私のドレスにギュッと抱きつく。
「里柚もぉ！」
　そんな声も聞こえてきて、気づけばいつものように小さな天使ふたりが私にくっついていた。
「おつかれ、美乃里。とってもいいステージだった。優勝もおめでとう」
「っ、パパ、こちらこそ見にきてくれてありがとうっ」
「美乃里の成長に泣いちゃったよ」

「パパ、鼻水すごかった！」
「里柚……それは言わなくていいから。……果歩くんも、本当にありがとう」
　えっ!?
　パパが突然、私の後ろに目を向けて彼の名前を呼ぶから、驚いて振り向けば。
　壁に背中を預けて立っている水牧くんがいた。
「果歩にぃ──！」
「果歩くんっっ!!」
　彼に気づいた双子が今度は彼に向かって猛ダッシュ。さゆちゃんや萌ちゃんも「果歩くんっっ!!」と続いて、驚く。
　本当、いつからそこにいたんだろうか。
「すみません、声をかけようか迷ってて。邪魔しちゃ悪いかと」
　里柚を抱っこして、脚に柚巳をくっつけたままの水牧くんが、パパにペコっと頭を下げてからこちらにやってくる。
　……ど、どうしよう。まともに見れなくて、サッと目を逸らしてしまう。
　さゆちゃんと萌ちゃんは私の気持ちを知っているから、知られていながらこうして並ぶのも変な感じで。
　心なしか、ふたりがすごいニヤついて見える。いや、絶対ニヤついている。
「果歩くんのおかげだよ。ほんとにありがとう。すごく素敵な姿を見せてくれて」
　パパったら……。

そう言ってまた涙ぐむんだから。
「ねー、おねえちゃんと果歩にぃは結婚するの？」
んんっ？
柚巳の突拍子もないセリフに、固まってしまう。
「な、なんで？」
「だって、結婚式でチューするでしょ。今日おねえちゃん、果歩にぃに……」
「ああちょっと、一旦黙って柚巳っ」
慌てて彼の口元を押さえるけど、あまりにも遅すぎた。
みんなの前でなんてこと言うの、子どもって恐ろしい。
「あーおねえちゃん顔真っ赤！　りんごみたい！」
「里柚も……ほんと勘弁して……」
この顔の熱は自分が一番自覚しているんだから。
「パパは、大歓迎だぞ！　ね！　果歩くんっ」
ちょっとパパ……。
この家族、お手上げすぎる。
しかも水牧くんに振らないでよ。
「……それは、美乃里ちゃん次第(しだい)かと」
「なっ」
隣からまたおかしな答えが聞こえてしまったので、思わず目を向けたら。
「ね」
と得意の笑顔で言われて。
その表情にまたうるさく心臓が鳴った。

Chapter12 「もっと、したい」

あれから、私は着替えてパパと双子と一緒に学園祭を回ることになって。双子にクレープを食べさせることに無事成功した。

ふたりともすっごく喜んでくれて。

改めて、私はこの笑顔を見るのが幸せだと実感して。

パパは私に色々聞きたいことがありそうな様子だったけど、やっぱり聞いてくることはなくて。

まるで、パパはこうなることが全部わかってたみたい。

双子ははじめての高校の学園祭に終始大興奮で、はしゃぎ回る彼らが迷子(まいご)にならないよう制御(せいぎょ)するので精いっぱいだった。

そして、気づけば学園祭は3日目、最終日を迎えた。

「美乃里、果歩くんと会わなくて本当にいいの？」

「いや、昨日散々一緒にいたし……初日、ふたりと回る約束(やくそく)すっぽかしてしまったし、ほんとごめんっ」

水牧くんとどう接したらいいかわからないし。正直今は、会っても自分が挙動不審(きょどうふしん)になってしまいそうだから。

クラスが別で本当によかったと思う。

「いやいや、うちらのことはいいんだよ！　だって、アズコンステージのあれ、水牧くんからしてって言われたわけでしょ？」

「どう見ても、美乃里に気があるとしか思えないけどなあ」
相変わらず萌ちゃんとさゆちゃんが盛り上がる。
「やめてよふたりとも……水牧くんはもともと、そういうこと誰とでも平気でする人だからっ」
ふたりにそう言いながら、自分に言い聞かせてるところもある。
「……えーでも、美乃里パパがああ言った時も、美乃里次第だって答えてたじゃん」
「あ、あれは本当に、冗談だよ。からかってるだけだから。ふたり仲いいから、ああいうふざけたこと平気で言うの」
「いやぁ〜　でもさあ!!」
やっぱりふたりに話すべきじゃなかったかもしれない、と後悔しそうになるぐらいには、さゆちゃんも萌ちゃんもグイグイ来るようになってしまった。
そんなこと言われたって、期待してダメだったら、自分の勘違いだったら、嫌だもん。
恥ずかしすぎる。
「果歩くん、本気だと思うけどな。私正直びっくりしたもん。果歩くんってあんなに優しく笑うんだって」
「……さゆちゃん」
萌ちゃんも「わかる！」と同調する。
「でもやっぱり、可能性低いと思う」
彼がああいうことしたのも、私のことを助けてリードしてくれたのも、全部、アズコンで優勝するためだし。
「じゃあ、美乃里これからどうするの？　その気持ち、しまったままでいるつもり？」
「うっ、それは……」
　核心（かくしん）をつかれて口ごもってしまう。
　どうするって言われたって……。
「恋っていうのは、受け身なだけじゃダメなんだよ、美乃里。傷つくのが怖いのもわかるけど！　美乃里からちゃんと自分の気持ち、伝えるべきじゃない？　結果がどうなるとしても、この気持ちをなかったことにはしないでほしいな」
「うん。もしなんかあったらうちらの胸、貸すからさ！　ほら！　全力待機（たいき）して待ってるよ」
「ふたりとも……」
　ふたりの言葉がしみて、じわっとあふれてきた涙で視界がにじむ。
　改めて、ふたりのことが大好きだし、私もふたりが悩んだ時には同じように寄り添いたい。
「ありがとうっ」
　そう言って自分からふたりに抱きつく。
「でも、今日はやっぱりふたりと回りたい」
「かわいすぎるかよ！　よし、じゃあ一緒に作戦会議しながら行くとしますか！」
　萌ちゃんに優しく頭をなでられて。
　私たちは３人で校内を回った。

『キャンプファイヤーの火を点（つ）けた後、声かけてみたら』
　萌ちゃんとさゆちゃんと２年教室のカフェでシフォン

ケーキを食べながらそう提案された。

学園祭の片づけを終えた後、夕方6時頃からキャンプファイヤーが始まるんだけど、アズコンのグランプリが代表して火を灯すというのは毎年決まっていることらしく。

その流れでそのまま水牧くんと話したらいいと言われたけど。自分から水牧くんを誘うなんて想像しただけで口から心臓が飛び出そう。

そもそも、あの水牧くんのことだから、女の子たちが離れない気がするし。

できるのかな……。

ていうかなんていうの。

面と向かって「好き」なんて……いや、無理だよ……想像しただけでも死んでしまう。

でも……。このままだとダメだっていうのもちゃんとわかっているから。

せっかく、ふたりが背中を押してくれたわけだし。

心のどこかでは、自分の気持ちを知ってほしいって思っているんだ。

それぐらい、日に日に好きだっていうのが増しているのを自覚している。

抱きしめられた時の体温も「美乃里ちゃん」って何度も優しく呼ぶ声も。

もう、失いたくない。

「さ――!!　始まりましたー!!　梓ヶ丘高校、後夜祭(こうやさい)!!

みなさん今年も本当にお疲れ様でした!!」
日が落ちてあたりが薄暗くなった頃。
ぞろぞろと全校生徒が特設ステージの前に集まると、司会の声が響いて。
後夜祭がスタートした。
さゆちゃんと萌ちゃんに何度も「がんばって」と言ってもらいながら、水牧くんと一緒にステージに上がって。
今回のアズコンに関してのコメントを数分述べて。
それから全校生徒によるカウントダウンと共に、無事にキャンプファイヤーの火をふたりで灯すことができた。
火が灯った瞬間、ステージから軽音楽部のバンドの音楽が流れ出して、本格的に後夜祭がスタートした。
その間も、水牧くんはずっとスマートで落ち着いてて余裕で。
アズコンもキャンプファイヤーのこういう仕事も、私と同じように初めてのはずなのに全然違う。
そういうところ、本当に敵わないもんな。
「……長かったような……短かったような」
軽音楽部の演奏を、人混みの一番後ろから眺めて小さく呟く。
「ん」
大音量のバンドの音と、みんなの盛り上がる声でかき消されたと思っていたのに。
隣の彼は私の言葉を拾って答えてくれた。
それだけで胸がギュッと締めつけられるから重症だ。

……今、言わなきゃ。

水牧くんと関わるきっかけになったアズコンが終わったということは、自然とこうやって並ぶことがなくなるのに等しい。だから、どうにかして自分の力で繋ぎ止めないといけない。

もう、楽器から出るものなのか自分の心臓の音から来てるのかもわからない、ドンドンと身体中に響く音。

……伝えなきゃ。

ギュッと拳を握って息を吸ってから。

「あの……っ」

「あのさっ」

嘘……。なんというタイミングだ。やらかしてしまった。

水牧くんと声がかぶってしまうという痛恨のミスに、準備していた言葉が全部引っ込んでしまう。

目が合うだけでまるで電流が走ったみたいにビビッと身体が反応してしまうのは、その先に見える炎と、夜の闇のせいだと思いたい。

「あっ、ごめん、なに？」

「や、私こそごめん。水牧くん、先に……」

「……ん。じゃあ、俺から。美乃里ちゃん、これから時間ある？」

「へっ……？」

思ってもみなかったセリフに言葉が出ない。

「や、無理なら全然いいんだけど」

そう言って目を逸らした水牧くんが後頭部をガシガシと

かいたかと思えば、もうひとつの手をこちらに伸ばしてきて、私の手を握ってきた。
「やっぱ、嘘。全然よくない……です」
　です、って？
　今まで私に敬語なんて使ったことないのに。
　なんで急に……。
　心拍数が跳ね上がって身体中が熱い。
　薄暗くてよかった。
　こんな顔、見せられないから。
　コクンと頭だけ縦に振って頷けば「ありがとう」という言葉が静かに聞こえてきて。
　彼に手を握られて引かれたまま、歩き出した。

　連れてこられたのは、校舎の空き教室。
　私のクラスの隣にあるその教室は、以前、水牧くんと初めてふたりきりで話して、ファーストキスを奪われた場所。
　あの時、人生一番の最悪な日だと、水牧くんなんて大嫌いだと思っていたのに。
　まさかこんな日が来るなんて。
　それにしても、なんで今こんなところになんか。
　ガラッ。
　扉を開けて教室に入った水牧くんが窓のほうへと向かって、校庭の野外ライブをチラッと見てから、そのまま窓に背中を預けた。
「懐かしいね。覚えてる？　美乃里ちゃん」

「……あ、当たり前だよ。忘れられるわけない」

「フッ。俺も。女の子に殴られたの初めてだった」

「……っ」

殴るって……。せめて叩いたって言ってよ。

私だって、あんなふうに男の子に迫られたのなんて生まれて初めてだったし。

「あ、見て」

「わ、綺麗……」

水牧くんが窓の外を指差すから、私も彼と同じように窓に近づいて空を見れば、キャンプファイアーの背後に、くっきり光る満月(まんげつ)が見えた。

「……美乃里ちゃんも」

「はっ」

こんな時に、何を言うんだ。

「美乃里ちゃんも、綺麗」

「からかわないでよ」

そう言ってプイッと顔を背ける。

水牧くんはずっとそうだった。

ニッと意地悪に片方の口角だけ上げて笑って、変な冗談をペラペラ言う。

そうだったのに、チラッと横目で彼の顔を確認すれば、今は正反対の優しい顔をしているから。

思わず目を逸らす。

……調子狂うよ。

どうせからかわれてる。

そう自分に言い聞かせながら、さっきのセリフが彼の本心ならいいのにとも思う。

恋って怖すぎる。こんなことを考えるなんて、自分が自分じゃないみたいだ。

彼と目が合わないようにジッと窓の外だけ見ていたら、

不意に長い指が私の顎をつかんで。

「からかってねぇよ」

強引に目を合わされた。

「柄にもなく、大真面目」

「嘘……」

「俺も嘘だって思いたいけどさ」

私の顎に添えられていた彼の手が下に降りて、私の手首をつかまえると、その手のひらを、水牧くんの胸に置いた。

……これは、一体。

トクントクントクンと手のひらに伝わる鼓動。

何これ……。

今目の前にいる人の心臓音とは正直思えない。

だって……相手はあの水牧果歩だ。

緊張とか、ドキドキとかそんなのとは無縁そうな。

平然と人前で堂々と女の子に触れていて、それをなんとも思わないような。

なのに……。

驚いて顔を上げれば、窓に頭を軽く預けた彼がほんの少し顔を歪めて一瞬目線を逸らして。

ふたたび、こちらに瞳を向けた。

何その、恥ずかしそうな顔。
「美乃里ちゃんといると、ここ、ずっとうるせーの」
「え」
そんな……バカな。
「好きになっちゃったんだけど。美乃里ちゃんのこと。どーしてくれんの」
「……っ、なっ……」
信じられない。
まさか、水牧くんのほうからそんなこと言われてしまうなんて。
夢、なのでしょうか。
彼のドキドキと速い心臓の音に触れて、からかわれてるなんて思えなくて。
「ねぇ、美乃里ちゃん」
これ以上、優しく呼ばないで。
ううん、もっと呼んでほしい。
もう心の中ぐちゃぐちゃで。
「っ、うっ」
我慢していた涙が、いろんな想いとなってあふれて。
ポロポロと頬を伝って落ちていく。
「え。ちょっと待って、なんで泣くの。え、うそ、泣くほど嫌だった？　俺に告(こく)られんの」
さっきまで恥じらうような、見たことない顔していた彼が、私の姿を見て途端に慌てだす。
嫌なわけないのに。

　そうじゃないって言わないといけないのに。
　でも涙は全然止まってくれなくて、全然声にならなくて。
　代わりにブンブンと必死に首を横に振る。
「……美乃里ちゃん」
「っ、ち、違うの、……くて」
「え？」
「う、うれしくてっ」
「……はっ」
　手で何度も涙を拭いながらチラッと彼を見れば、手の甲で口元を押さえながら私から目を逸らした。
「……ごめん、今すごい聞き間違えた。と思う」
　今日だけはちゃんと、素直に伝えようって思うから。
　何度だって言うよ。
「っ、多分、聞き間違えてないよ。うれしいって言ったから。……水牧くんに、好きって言ってもらえて、うれしい」
「待って。ストップ。美乃里ちゃん待って」
　さらに慌てた様子の水牧くんはそう言いながら、止めるように私に手のひらを見せる。
　その反応があまりにも水牧くんに似合わなくて、涙が少し引っ込んだ。

〈果歩side〉

「……私も、好きだから」
　全然止まってくれないじゃん、美乃里ちゃん。
　ストップって言ってるのに。

その声にドクンと大きく胸が鳴る。
ガチで言ってんの？
俺は、てっきり振られる覚悟で。
それでも、これからちゃんと誠意を見せていこうって、そんなつもりで。
学園祭の間ずっと、少しでも美乃里ちゃんの気持ちが揺らげばいいと思っていたけど。
そんな都合のいい話あるわけないなんて思ってて。
なのに……。
こんなの。
「……本気で言ってんの？」
「ほ、本気だよ。水牧くんは冗談だったの？」
バカたれ。
あんな心臓の音聞かせといて冗談なわけあるか。
そう心の中でツッコむ。
「……本気だよ、ガチだよ。ヤバいから、ずっと」
いつからか、なんて明確なことはわからない。
気づいたら、美乃里ちゃんの笑顔が忘れられなくなっていて。
俺が守りたいって思ってて。
離したくないし誰のものにもなってほしくない。
好きだよ、認めたくなかったけど。
落ちたよ、美乃里ちゃんの全部に。
「やっば……」
両手で顔を押さえて天井を見る。

「え、美乃里ちゃん、本当に俺のこと好きなの」
緩みそうになる口元を隠しながら聞くと、
「……っ、何度も言わせないでよ」
そう言ってプイッと顔を背けた美乃里ちゃんの耳が赤い。……やっば……かわいすぎんだろ。
マジかよ。
「……いつから」
「し、知らないっ……って言うのはうそで」
ポツリポツリ話しながら目をキョロキョロ泳がせてるのが、かわいすぎて。
月明かりに照らされた、薄暗い空き教室。
好きな人とふたりきり。
こんな中触れないなんて、生き地獄すぎる。
理性が失われそうになりながらも、なんとか彼女の紡ぐ言葉に意識を集中して。
「……試着室で、水牧くんが、私に興奮しないって言った時……ショック受けてる自分がいて」
……俺、今日命日じゃないのか。
目の前にいるのは本当に、あの美乃里ちゃんなの？
なんか変なものでも食べてしまったんじゃないかと疑ってしまう。
まさかあの時、美乃里ちゃんがそんなふうに思っていたなんて。
「あれから、水牧くんが私とあからさまに距離とったのも……寂しくて。ああ私、水牧くんと過ごした時間、すごく楽しかったんだなって、実感した。……他の女の子のこともあんなことするのかなって思うと……っ」

彼女がまだ話してる途中にもかかわらず、手を伸ばして強く抱きしめる。

「しねぇから。俺もう美乃里ちゃんしか無理なんだよ」

気持ちがあるのとないのとではこんなに違うんだって、今まさに実感してる。

心臓バクバクしすぎて痛くて仕方ねぇんだから。

「うっ……」

腕の中で、美乃里ちゃんが泣いてる声がして。ゆっくり彼女の髪をなでる。

「……好きだよ、美乃里ちゃん」

「……私も、水牧くんが、好き」

そう言った彼女が頬を濡らしたままゆっくり顔をあげるから。

その涙を指で拭う。

「俺の彼女になってくれる？」

幸せでおかしくなりそう。

「……っ、よろしく、お願いしますっ」

そう返事した彼女が、あまりにもかわいすぎて。

ずっと我慢していたんだから、ほめてほしい。

「もう限界」

彼女の後頭部に手を回して。

「……っん」

俺たちの影が重なった。

「……っ、ちょ、水…っ、牧……くんっ」
一瞬離れた隙に、美乃里ちゃんが声を漏らす。
そんなかわいい声で呼ぶからじゃん。
「……美乃里ちゃんが悪いんだよ、俺を煽るから」
そう言って再び、奪うようにキスをする。
何度も何度も。角度を変えて。
美乃里ちゃんをもう絶対に逃すまいと、彼女の背中を窓横の壁に預けながら。
「……煽ってないっ、本当のこと言っただけっ」
「ほら、またそういうこと言う」
吐息混じりに彼女の首筋に顔を埋めて言えば、華奢な身体がビクッと反応して。
俺の理性を殺しかける。
壊れないように、優しく触れるように、大事にしなきゃいけないってわかっているのに、俺だけを見ててほしくて、もっと欲しがってほしくて。
強引になってしまう。俺はそこまで大人でもなければ器用じゃないと痛感する。
美乃里ちゃんが、俺を俺じゃなくさせる天才だから。
嫌われたくない、怖がられたくない、それでもどこか少し暴走してしまう。
それでも、触れるたび、彼女が俺の手をギュッと握ってくれるから。
今だけは、許してほしいと甘えてしまって。
「……口、開けて」

「っ、な、……水牧くんは、慣れてるのかもしれないけど、私まだわからないことばっかで、……今のだって」
「なんで。ちゃんとかわいいよ」
「意味わかんないからっ……へ、下手とか上手いとかそういうことでしょ」
「え」
　んなこと言われてもそんなの正直わかんねーっていうか、どうでもいいっていうか。
　美乃里ちゃんのキスが下手か上手いかとかそんなこと考える余裕ないぐらい、幸せ噛みしめてんだからよ。
　てか、俺だって好きな女の子とキスするなんて初めてなんだけど。
「美乃里ちゃんのキスは美乃里ちゃんしかできないでしょ。俺は美乃里ちゃんとチューできればそれでいい。何か問題でも？」
「そんなこと、いちいち口に出して言わないでっ」
「何を？」
「絶対わざとじゃん。水牧くんのバカッ」
　ちょっとからかってみたら、そうやってすぐ真っ赤になるんだから。
　てか、ちゃんとできてるかどうか心配してんの、しんどいって。
　どこまでかわいいって思わせれば気が済むの、この子。
「さっきの素直な美乃里ちゃんはどこ行ったの。でもいいよ。バカでもなんでも言ってくれて。身体は素直に反応してくれるから」

　ニッと笑って、彼女の服の中に手を滑らせる。

「ちょっ、何してっ!!」

「この間、触りそこねたから。美乃里ちゃんの」

「バカ!!」

「……冗談じゃん。今日はキスだけで我慢するから」

「今日はって……」

「美乃里ちゃん、俺の彼女になるってどういうことか、ちゃんとわかってる？」

　これで取り消されたらシャレになんねーんだけど。俺は美乃里ちゃんの言う通り、どこまでもバカだ。

「……わかってるよ。けど、水牧くんだって、私みたいななんの経験もないのとつきあうってどういう意味なのかわかってるの？　多少は私のペースに……」

「よーくわかってるよ。あんなことやこんなこと、手取り足取り、ぜーんぶ俺が美乃里ちゃんに教えてあげるってことでしょ」

「……っ、人の話聞いてよね」

「すげぇ真剣に聞いてる。ねぇ……もっと、したい」

「ほんと全然聞いてな──っ」

　話してる彼女の唇をまた奪って。

　教室にリップ音が響く。

　美乃里ちゃんと触れ合っていることが、肌や体温、音、全部から伝わって。

　愛おしくてたまらない。

わかってる、美乃里ちゃんのペースで。

でも、あと、もう少しだけ。

「……んっ」

そんな声、絶対俺以外の人の前で出さないでよね。

その潤(うる)んだ瞳も。全部。俺だけが知ってればいいから。

強引だったものが、徐々(じょじょ)に触れるような優しいキスになっていって。

心地いい。美乃里ちゃんの柔らかい肌も匂いも。

張り詰めていた心がようやく溶けていくような感覚。

美乃里ちゃんはちゃんとここにいる。

「……美乃里ちゃん、すっげー好き」

「うん。あんまり言われると、その、恥ずかしい」

「知ってる。でもやめない。好きだよ」

そう言って優しく抱き寄せて。

彼女の耳元で呟いた。

全力で幸せにするから。

覚悟しててね、美乃里ちゃん。

Chapter13　王子さまの過去

〈果歩side〉

……あれ、俺、なんで寝てんの。

てか、ここ、どこ。

重たい瞼を開けると、俺の部屋のとは違う天井が見えた。ツンとした消毒液の独特の匂い、真っ白な布団と空間を囲うようなカーテン。

え。なにここ、保健室？

待って。もしかして、今までの、全部夢？

起きあがろうと力を入れたけど、思ったよりも自分の身体が重い。

……うわ、これ……この感覚……知ってるぞ。

最近なくなっていたけれど。

――シャ。

カーテンの開く音がして、そこに目を向ければ、美乃里ちゃんが泣きそうな顔をしながらこっちを見ていた。

そしてすぐに顔を後ろに向ける。

「先生、水牧くん、起きましたっ」

美乃里ちゃんのその声で、カーテンから出てきた顔がふたつになる。

美乃里ちゃんと、養護教諭の……名前は、忘れた。

てか、なんで俺は今こんなところで横になっているんだ。

「あの……？」

やっと身体を起こして声を出すと、先生がそばにやってきた。
「水牧くん、相当色々と気負(きお)ってたのね」
「えっ？」
状況が飲み込めなくて、再度美乃里ちゃんを見る。
「水牧くん、あの後、いきなり寝ちゃったの」
「はっ？」
「寝ただけだと思ったら、少し呼吸が荒くなっていって身体も熱かったから。慌てて、善先輩に連絡したらここまで運んでくれて」
え？　はっ？
「水牧くん、最近ちゃんと食べてんの？」
そう言って美乃里ちゃんの横からひょこっと顔を出したのは、湯前先輩。
嘘だろ。
「あぁ、さすがにお姫さま抱っこはしてないよ。肩貸したぐらいで。水牧くんは覚えてないみたいだけど」
……まじかよ、ダサすぎるだろ。告白が成功して安心して熱出すとか……どこの小学生だよ。
確かに、昔そういうことがよくある体質だったけど、さすがにこの歳にもなるとねぇって。
え、てか告白、成功した、よな？
夢じゃ、ないんだよな……。
「風邪(かぜ)の症状はなさそうだから、多分、過労(かろう)かストレス性のものだろうけど。帰ってすぐ休んだほうがいいかもね。

それとちゃんと栄養(えいよう)のあるもの食べること」
「はい……すみません」
「あと……」
先生の声がさっきよりも低くなった気がした。
「学校では、やめてね」
「えっ」
何を、と思っていたら、先生の後ろに見える美乃里ちゃんの顔が真っ赤になっていた。
よかった……そんな顔するってことは、俺が美乃里ちゃんと交わした言葉も、触れ合ったのも全部、夢じゃない。
「聞いてるの？　水牧くん。コソコソ教室で男女ふたりきりなんて。月本さんも」
「っ、す、すみませんっ」
「うわーなに、ふたりえっちなことしてたの？」
「なっ」
と、湯前先輩の言葉にさらに顔を赤くさせる美乃里ちゃんに、こっちまで心拍数が上がる。
そんなあからさまな反応したら、やってましたって言ってるようなもんじゃん。
「湯前くんっ！　そういう品のない話し方はやめなさいっ！　水牧くんもさっきより落ち着いたみたいだし。ほら、親御(おやご)さんに連絡してさっさと帰ってちょうだい！」
先生はそう言いながら、俺にスポーツドリンクと冷却(れいきゃく)シートを渡してから、俺たち全員を保健室から追い出した。

〈美乃里side〉

よかった。水牧くん、大事に至(いた)らなくて。
私を抱きしめたまま、力が抜けたように寝息を立てた彼を見た時は、突然のことでパニックになってしまったけど。
湯前先輩がまだ片づけのために学校に残ってくれていて助かった。
後夜祭もとっくに終わり。昇降口で、人気のなくなった校庭を眺めながらパパの迎えを待つ。
「湯前先輩、もう帰って大丈夫ですよ」
「いやー、俺いなくなったらまたここでチュッチュしちゃうんじゃないかって心配で」
なんていう、水牧くんと善先輩の会話に、ボッと顔が熱くなる。
どんな会話しているんだ……。
「さすがに熱あるのわかってるんで、今はしないですよ」
「あーそう？　でも、恋のキューピッドである俺に、なんの報告もないっていうのは、いかがなもんなんだろうね？ね、月本さん」
「す、すみませんっ」
善先輩に話を聞いてもらって、自分の気持ちに素直になることができたわけだから、やっぱり先輩の言う通り、報告しなかったのはよくなかったと思う。
「……まぁでも、ほんとおめでとう。水牧くんが寝てる間、月本さんに色々聞けたし、よかったよ。アズコン優勝も、改めておめでとう」

「先輩のおかげです。あんま言いたくないですけど」
「ふはっ、一言余計だなー」
　ふたりの会話にちょっとヒヤヒヤしていたけれど、横目で見た善先輩の表情がすごく優しくて。なんだかんだ仲いいんだとわかる。
「じゃあ、俺は帰ろうかな。月本さん、水牧くんに泣かされたらいつでも俺のとこおいで」
「えっ？」
「あ、ふたりとも明後日の打ち上げ、ちゃんと来るんだよ？」
　善先輩はそう言うと、私たちに軽く手を振って行ってしまった。
　先輩の背中を見送っていると、フワッと甘い香りが鼻をかすめて。
　空気が動いた。
　引き寄せられた肩に、心拍数が上昇する。
「泣かせないから。行かないでよ」
「行かないよ」
　さっき触れ合ったよりも熱い彼の手。
　全身が熱によって火照(ほて)っているのがわかる。
「ん。ごめん、ほんと。早速面倒かけちゃって」
「……そんなことない。水牧くんの寝顔、見れたし」
　私のセリフに、彼が一瞬目を見開く。
「……恥ずっ」
　目を逸らしながら、先生からもらったスポーツドリンクを飲む水牧くんの耳が赤い。

熱のせいかな。はたまた……。
「早くよくなってね。パパが迎えに来てくれるから、水牧くん、今日うちにそのまま泊まったらいいよ」
「ブッッ」
突然、水牧くんが飲んでたドリンクを吹き出しかけた。
「……まじかよ」
「だって水牧くん、最近ちゃんとご飯食べてないんでしょ？ 先生も言ってたし。善先輩も言ってたよ。痩せた気がするって。ちゃんと食べてゆっくり休んで」
「……いや、まぁ、その……はい」
なんでそんなにドギマギしているんだろう。
水牧くんがうちに泊まるの、初めてじゃないのに。
「水牧くん？」
「……や、好きな子とひとつ屋根の下ってやべーでしょ。初めて泊まった時とはわけが違うんだよ。美乃里ちゃんは平気そうだけど」
「……別に平気ではっ！　でも、パパとか柚巳たちいるし」
そう言いながらも、水牧くんからうつったみたいに私も顔が火照る。『好きな子』って。学園祭が始まってからの水牧くんは特に甘すぎてしょうがない。
シンと一瞬静かになったところに、ちょうどパパの車が学校に入ってくるのが見えた。
「果歩くん、大丈夫？　ほら、早く乗って」
慌てて車から降りてドアを開けるパパ。
「すみませんっ、しょっちゅうご迷惑を……」

「迷惑なことなんてなんにもないから。果歩くんはもう息子みたいなもんなんだし」
「ありがとうございますっ」
パパは水牧くんに助手席に乗るように言ってから、すぐに車を走らせた。
「果歩くん、体調は？」
「や、ほんと、身体熱いのとちょっとだるいだけで、全然」
「そっか。無理しないでよ。今日はうちで休んでいいから」
「何から何まで申し訳ないです……」
水牧くんが頭を下げる。
「あーも、謝るの禁止ね？　あれだけ素敵なステージだったんだ、きっと終わってホッとして疲れが出たんだろう」
ふたりの会話を後部座席から聞く。
「そういえば、前にも一回熱出したことあったよね。あの時、僕が送るから店閉まるまで待っててって言ったのに聞かないで帰っちゃって」
「あー、そんなことありましたね。剛さんにはカッコ悪いとこ見せてばっかで」
「そんなことないよ」
このふたり、本当に私の知るずっと前から知り合っていたんだと思うと、変な感じ。
パパと水牧くんの思い出話を聞いていたら、お家にあっという間に着いて。
本当はパパがご飯を作って食べさせてあげるはずだったけど、パパが迎えに来る前に敷いてくれていた布団に、ご飯ができるまで横になるように水牧くんに言っていたら、すぐに寝息を立てはじめて。

今日はそのまま休ませてあげようということになった。

相当、疲れてたみたい。

なのに、あんなことといっぱいしちゃって。

お風呂につかりながら、今日空き教室で水牧くんとしたことを思い出して、たちまち心臓がバクバクしてカァっと顔に熱が集まる。

……夢みたいだ。

あんなに何度も、好きだって言ってもらって。

そして、あんなに触れ合ったっていうのに心のどこかで、すでに寂しく感じていて。

人を好きになると、どんどん欲ばりになってしまう。

早く元気になってほしい。

そしてまた、たくさん触れ合いたい。

そんなこと口が裂(さ)けても言えないけど。

というか、パパに報告したほうがいいのかな。

水牧くんとつきあうことが決まったって。

そんなことを考えるけど。

いや……今日はとりあえず、水牧くんの体調がよくなることだけを考えよう。

翌日。時刻は午前９時。

私と水牧くんは、学園祭の振替(ふりかえ)休日。パパと双子は仕事と幼稚園。

柚巳たちを幼稚園に送ってから、家に戻って。

水牧くんが起きた時に食べられるようにと、たまご雑炊を作る。

昨日、パパも色々と作り置きしといてくれたけど、今は朝だし。

もう少し食べやすいもののほうがいいかなって。

雑炊を作り終わってから、リビングのローテーブルで勉強しながら、水牧くんが起きてくるのを待つ。

『パパとか柚巳たちいるし』

昨日、水牧くんにはそんなことを言ったけど、事実、昨日の夜はそうだったけど。

でも、今は違う。

完全にふたりっきり。

この家に水牧くんとふたりきりなんて、そんなことを思った瞬間から、正直勉強なんて手につかないわけで。

いや、何かあるとは思ってないけど。

相手は病人だし。

でも……。

すぐ隣の部屋にいるのに、襖一枚で仕切られてるだけでなんだか遠いところにいるみたいで。

変なの。

顔が見たい、寂しい、なんて。

〈果歩side〉

フワッとだしのいい匂いがして、ゆっくり目を開ける。

あー、また寝てた。

学園祭が始まる前の数日間は、自分が何を食べているのかも、しっかり寝れているのかもわからない状態が続いていたけれど。

こんなんなるまで、美乃里ちゃんのことで必死だったんだな。我ながら笑える。

見覚えのある天井。

かすかにする畳（たたみ）の匂い。

落ち着くな。

「……お、おはよう」

控えめな声がして瞳を動かせば、俺のすぐ横に美乃里ちゃんが座っていた。

え。いつからそこにいんの。

目が覚めて一番最初に好きな子の顔が見れるとか。

幸福か。

自分が美乃里ちゃんにすげぇ溺（おぼ）れてるのを実感する。

「……美乃里ちゃん。ごめん、俺ほんと」

昨日、車の中で剛さんと話したのは覚えているけれど。

月本宅に入ってきてからの記憶が曖昧（あいまい）すぎて。

どれだけ迷惑かければ気が済むんだ。

「水牧くん、ご飯食べられる？　一応、雑炊作ったんだけど」

「……えっ」

俺を泣かすつもりなの。

「美乃里ちゃんが作ったの？」

「うん」

「俺のために？」
「……うんっ」
　サプライズすぎて思わず身体を起こした。
　昨日よりも身体がうんと軽くなっているのがわかる。多分、熱も引いているだろう。
「食べる、食べたい、食べさせて」
「その変な三段活用、最後おかしいよ。昨日に比べて明らかに元気そうだから、自分で……」
「あぁ、なんかまだやっぱり調子悪いかも。死ぬ……」
　あからさまに下手くそな演技をしながら布団に戻ろうとする。
「わ、わかったから。食べさせるから。起きて。なんか口に入れないと。本当に動けなくなる」
「……だね、美乃里ちゃんとこれからいっぱい激しい運動するわけだから」
「し、しないからっ！」
　そう言って耳まで真っ赤になるのがかわいすぎて、美乃里ちゃんの作った雑炊ももちろん食べたいけど。
　本当は今すぐ美乃里ちゃんのこといただきたい。切実に。
　また怒られるから言わないけど。
「いただきます」
「はい」
　木製スプーンですくった雑炊を、美乃里ちゃんが少し冷ましてくれて俺の口元へと向ける。
　パクっと一口食べると、かつおだしの香りがフワッと鼻に抜けて。
　卵の優しい甘さと相性（あいしょう）抜群。
「……うんんまぁ」
　暖かく全身を包み込んでくれるような。
「よかった……」
「……ずっと美乃里ちゃんの手料理食べてたい……。もう無理、コンビニ飯食えない。ねぇ、美乃里ちゃんこれから毎日俺んち来て飯作ってくんない？　ごほうびはちゃんとあげる。俺からの熱いキス」
「バカ……」
　わかってる。半分冗談で半分本気。
　美乃里ちゃんには抱えているものがたくさんあって、俺だけを相手にする時間はそんなにない。
　双子の柚巳くんと里柚ちゃんが少し、いや、だいぶうらやましい。
「……ていうか、これからもうちに来てくれたらいいよ。バイトない日とかいつでも」
「え、いいの？」
「うん。……ふたりも喜ぶし」
「美乃里ちゃんは？」
　そうちょっといたずらっぽく聞けば、サッと目を逸らされて。
「よろ、こぶ。……多分」
　なんて言うから。
「はい、美乃里ちゃんが俺のやる気スイッチを押しました」

そう言いながら彼女の持ってたスプーンを雑炊の入った鍋(なべ)の横において。
「はっ、ちょ、ご飯まだっ」
「次はこっちをいただきます」
「なっ……っ!!」
彼女の唇を奪った。

小学４年生の頃。
母親が離婚して。それから、俺の人生は歪みはじめた。
女手ひとつ。俺を養うためにと専業主婦(せんぎょうしゅふ)だった母さんが始めたのは夜の仕事。始めた当初はまだ落ち着いていた。
でも……。
そんな生活が一年ほど経った頃。
母さんが家に男を連れ込むようになった。
そして、仕事のない夜はその人と部屋を出ていく。
学校から帰ってきて用意されていたご飯は、母さんお手製のおにぎりから、カップ麺(めん)へと変わり。
さらに半年経った頃には、食卓に1000円札一枚か500円玉が置かれるようになった。
母さんの目は『早く外に行って』、そんなことを訴えていた。
だから、外で食事を済ますことが増えて。
俺を家から追い出したあと、母さんが男と何をしているのか、この頃にはなんとなくわかってきて。
母さんにとって自分が邪魔であることを察した。

中学に上がってからは、俺は友達の家を転々とするようになり。同時に、学校生活ではヘラヘラ振る舞うことで寂しさを紛らわせてきた。

本気で向き合うから、自分と同じだけの愛情を求めるから、勝手に期待して、期待に応えてもらえないとあとで苦しくなる。

どうせ傷つくなら、初めから一線を引いた適当な関係でいい。

周りに女の子が集まることで、自分の承認欲求が満たされていくような感覚。

自分の存在意義を必死に探して。

そんな状態がずっと続いていた。

初めて定食屋『三日月』に入ったのは、中２の修了式間近の頃。行くあてもなくブラブラと歩いている時。店からものすごくいい匂いがして。

店の外に貼られたおにぎりの写真に足が止まって、そのまま扉に手をかけていた。

『いらっしゃい』

店に入ると、そう声をかけてくれた剛さんと目が合って。中学生という子どもがひとりで来るところではない、店内の客層を見てやっと気づいた。

ここは、働いた後の大人の男の人たちが一日がんばったごほうびとして、お酒をたしなんだり、飯を食う場所。

とてもじゃないけど俺みたいなフラフラしてる人間の入っていい世界ではない。恥ずかしい気持ちになって店を出ようとしたら。

『どうぞ』

剛さんがカウンターにお茶を置いてそう言ってくれたので、若干緊張しながら席に座った。

そもそもこういうところって結構いい値段するんじゃ、俺に払えんのか？　とか、座ってから気づいて。

『これ、お品書きね』

渡されたメニューを見て、全体の料金が思ってたより俺の財布に優しくて。それだけでなんだか目頭が熱くなっていた。

『……若い子が好きそうなハンバーグとかそういうのは、ないんだけど……』

そんな剛さんの言葉をさえぎるように。

『お、おにぎり……』

とっさに出ていた。

控えめに、扉の外を指差して。

『向こうに貼ってあった、おにぎり、ください……』

『はい、かしこまりました』

その時、剛さんがすごく優しく笑ってくれたのを覚えている。

少し経って俺の前に置かれたのは、ホカホカの大きなおにぎりふたつとたくあん。

味噌汁(みそしる)と卵焼きがついていた。

卵焼きは、俺の知ってるのと少し違って、卵と海苔が一緒に巻かれていた。

『ごゆっくりどうぞ』
『いただきますっ』
　そう言って、一口おにぎりを食べて。
　二口、三口。
　その温かくて優しい味に、自然と涙があふれてたまらなくて。
　卵焼きとおにぎりを交互に頬張りながら、まあ悲惨な姿だったと思う。
　剛さんはそんな俺を見ても質問攻めにしたりせずに、俺のところへ来て、優しく肩に手をかけて、
『我慢、しなくていいよ』
『おにぎり、おかわりあるからね。特別にサービスするから』
　そう言ってくれたんだ。
　美乃里ちゃんにこの話をするのは、もう少し先。

Epilogue（エピローグ）　両手いっぱい愛されて

「美乃里ちゃん、本当に大丈夫？」
「うん。パパたちはバイキングに行くんだって。水牧くんにはこの前も双子につきあってもらってしまったし……今日は、ふたりでゆっくりして、だって。パパが」
　水牧くんとつきあい始めて早くも２週間が経とうとしている。
　ただいま、水牧くんのアパートにお邪魔中。
　先日、アズコンの参加賞であるクレピスランドのチケットをゲットできた私たちは、双子を連れて水牧くんを含め４人でクレピスランドに無事に行くことができて。
　ふたりもすごく喜んでくれた。
　それから１週間経った日曜の今日は、水牧くんのバイトも休みだということで、久しぶりにふたりきりで出かけることができて。
　お昼ご飯は、水牧くんの部屋で私が作って一緒に食べようということになった。
「そっか。よかった。俺も手伝う」
「ありがと」
　あんまり使われていない感満載のキッチンに立って。先程、水牧くんと買ってきた食材を調理台に一緒に並べる。
「……わー、これなんか既視感（きしかん）あると思ったら、あれだ、美乃里ちゃんちに初めて泊まった日」

「あぁ、そういえば、水牧くんにホットケーキ作るの手伝わせたっけ」
「……うん。なんかずっと前のことみたいに懐かしい」
「ふふっ、だね」
　あの時の私も水牧くんも、まさか恋人同士になってキッチンに立つ未来がくるなんて想像もしなかっただろう。
　水牧くんにニンジンの皮むきをお願いしてふたりでキッチンに並ぶ。
「……あ、水牧くん、ウスターソースってないよね……」
　うちでは隠し味に入れてるそれを思い出して、ダメ元で聞いてみる。
「うん、うち調味料全般ない。ごめん」
「ううん。そう言ってたもんね……まぁいっか、なくても十分美味しいし。また今度持ってくれば！」
「……なーに、美乃里ちゃん。また作ってくれるの？　明日でも大歓迎だけど。え、いつかな？　何月何日何曜日何時何分？」
　……うわぁ、その聞き方、どっかの小学生ですか。
「今度って言ったら今度。明日は無理だよ。連続でカレー食べる気？　水牧くんバイトあるし」
「美乃里ちゃんが作ったものなら、同じものでもなんでもいいんだよ。やめろと言われたらバイトも辞(や)める」
「……いや」
　冗談だとわかっているけど、本当に今辞めてと言ったら辞めそうな勢い。目がまじだし。

「てか」
　突然、横に並んでいたはずの水牧くんがいなくなったと思ったら、
「え、ちょっと」
　背後から彼の体温が伝わってそのまま包まれた。
「……いつまで苗字なの、俺のこと」
　私の肩に顔を預けたまま耳元に吐息混じりで呟く声に、
　身体がビクッと反応してしまう。
「アズコンのステージでは呼んでくれたのに」
「っ、それは、水牧くんの、演出というか、そのっ」
「なに。呼ぶの嫌？」
「……っ、い、嫌じゃないけど」
　シンプルに、すごく照れるだけだ。
　『果歩くん』なんて。
「じゃあ呼んで」
「……っ」
　顔を見られないこの体勢なのがまだ、救い。
　思い切って口を開く。
「……果歩、くん」
「くん、いらない」
「……か、果歩」
「なーに？」
　後ろから聞こえる声が、私の心臓をどんどんおかしくさせる。
　おふざけモードの時とは違う。

色っぽい声。
……ずるいな。
いつもドキドキさせられてばっかりで。一緒に過ごすたびに好きが募ってしまってしょうがない。
私だってちょっとくらい、こういう時に優位に立ちたい……から。
「果歩、……好き」
「……ちょ、それは逮捕案件だな、月本美乃里さん」
かすれた声でそうツッコまれる。
『美乃里さん』って。
そんなふうに普段呼ばないからおかしい。
効果てきめんだったらしい。
私だってやる時はやるんだから。
伝わるぶん、私だって同じぐらい。ううん。それ以上伝えるよ。
「ごめん美乃里ちゃん、やっぱり我慢できないわ」
「えっ？」
「予定変更。カレーは夜に食べます」
「えっ!?」
そんな私の言葉なんてもう果歩には聞こえてなくて。
ひょいっと軽々身体を持ち上げられると、彼の部屋のベッドへふわりと着地した。
目の前には私を見下ろす、相変わらずの整った顔。
「ちょっと、……果歩」
「美乃里ちゃんが誘ったんだからね？」

　ダメだ。目の前には好きな人。
　ベッドは好きな人の香り。
　心臓がうるさくておかしくなりそう。
「っ、誘ってなんかっ……だって、私ばっかりドキドキさせられるから……」
「……俺のこと、ドキドキさせたくて言ったの？」
「それと……伝えたくなったから」
「なるほど。よくわかった。早く俺に抱かれたいってことだね、了解」
「な、なんでそうなるの！　待って、っん」
　果歩は私の言葉を最後まで聞かずに、唇を重ねてきた。
　これが嫌じゃないんだから、溺れ過ぎだと思う。
「……嫌？」
　唇を離した果歩の手のひらが私の頬を包む。
　意地悪だ。そんなことを聞くなんて。
　私がどう思っているかなんてわかっているくせに。
「……っ、嫌じゃない」
「知ってる」
「んもうっ、……っん」
　フワッと笑ったかと思えば、またキスされて。
　今度はすぐに離してくれなそうなやつ。
　唇で触れながら、私の身体に彼が手を滑らすから。
　変に身体がビクついて。
　制御できなくなる。
　つきあいだして、こうしてゆっくりふたりきりで過ごすのは久しぶりで。触れられたところからどんどん熱くなってしびれるよう。

恥ずかしいのに、やめないでほしくて。

その刺激に耐えられなくて、何度も勝手に声が漏れてしまう。

「いいよ。声、抑えなくて」

そんなこと言われたって、自分のとは思えないような声が出て、私が嫌なの。

けど、彼に触れられてるのはうれしくて。

絶対に、逃がさないでほしいから。

私も応えようと、必死に手を伸ばして。

「……好き、果歩」

あふれる想いを伝えたくて、今度は自分から唇を重ねた。

「……なんか、こういうこと、前にもあった」

「え、なに怖い、美乃里ちゃん浮気(うわき)!?」

「違うよバカ！」

ふたりで想いを伝え合って。ふと、思い出したことが口に出ていた。

「……夢で、見たの」

「どんな夢？」

「……果歩と、私の部屋のベッドで」

「待ってなにそのどスケベな夢。はい続き詳しく。てか、いつの話」

「もうっ」

真顔で下品な言い方をするから、布団から出てる彼の腕をポカッと軽く叩く。

そして、しぶしぶコーデ審査の後に見た夢の話をした。

あの頃から、彼に恋していたんだと改めて実感する。

「そんな話聞いたら、うれしくて死ぬんだけど」

「死ぬのはダメ……」

「……はあ……美乃里ちゃん、どこまで好きって思わせれば気が済むの」

そんなの……こっちのセリフだよ。

最初は大嫌いだったけど。

今は毎日、彼にときめいて仕方がない。

きっともう、両手におさまらないぐらい。

好きでたまらない。

「……ありがとう、果歩」

「急だね」

「思ったから言った」

「じゃあ俺は、もっと激しいキスがしたい」

「バカだ」

「思ったから言った」

「もう……」

ねぇ、ママ。

昔見た絵本の王子さま、覚えているかな。

あの時、交わした約束も。

『いつかママに、私の王子さまを紹介する』

「……ねぇ、果歩」
「ん？」
「今度、ママのお墓参り、一緒に行ってくれない？」
「えっ……いいの？」
「うん。約束したから。すっごく小さい頃。いつか私が、素敵な王子さまに出逢ったらママに紹介するって」
「ふはっ、王子さまって。死ぬほどうれしいけど、ちょっと心配。おかあさんにちゃんと美乃里ちゃんの王子さまとして認めてもらえるか」
「大丈夫だよ。果歩、アズコンで王子さま役だったし」
「うわ、そーじゃん。……まじかー。緊張するなー、美乃里ちゃんのおかあさん。剛さんより手強そう」
「ふふっ、それはあるかも」
「ん。いや、でも、認めてもらえるようにがんばるから」
　そう言った果歩が、突然身体を起こしたかと思えば、私におおいかぶさって。
「なるよ、俺が。美乃里の王子さまに」
　フワッと柔らかく微笑んでから、今までで一番優しいキスをした。

—end—

特別書き下ろし番外編

　高校２年になり、果歩とつきあいだしてから初めての夏休み。私たちは、８月中旬（ちゅうじゅん）に海水浴（かいすいよく）に行く計画を立てていて、今日は待ちに待ったその当日。
　去年のアズコンのコーデ審査の時と同様に、前日に萌ちゃんとさゆちゃんに水着も選んでもらって。
　果歩と一緒に海水浴場に向かう電車に乗って、無事に海近くの駅に降りることができた。
　夏休みに入ってすぐは、果歩のバイトや私の家のことでお互いにバタバタしていてスケジュールが合わなかったから、こうしてがっつりふたきりになるのは久しぶりでドキドキが増す。
「やっぱり夏休みだから人多いね」
「うん。美乃里ちゃん、迷子にならないようにね？」
　からかうように果歩が言って私の手をギュッと握る。
　電車に乗っている間、周りの女の子が果歩を見ていたからちょっとだけ胸のあたりがざわついてしまったけど、こうやってひとたび触れられると、そんな不安な気持ちはすぐにどこかへ消えてしまう。
　つきあって半年以上経つけれど、いまだに彼にドキドキさせられっぱなしで心臓が忙しい。

　海に着き、私たちは人気の少ない岩場近くの砂浜に、海の家でレンタルしたビーチパラソルを立てて場所を確保することができた。早速、果歩はその場で、私は海水浴場の更衣室で水着に着替えることになったのだけど……。
「美乃里ちゃん、それいつ脱ぐの」
「……」
パラソルの下に敷いたレジャーシートに座って海をジッと眺めていたら、隣に座る果歩に指摘されてしまって口ごもる。
更衣室で水着に着替えたのはいいものの、いざ水着の上から巻いたタオルを取るとなると急に恥ずかしくなって。
なかなか海に入ることができないでいた。
萌ちゃんたちが、絶対に私に似合うからと何度もすすめてくれて選んでくれたもの。トップはフレアになっていて下はサイドに紐リボンがついている黒の水着。ちょっと、いや、だいぶ大人っぽいデザインだ。それ自体はすごくかわいいものであることは間違いないのだけど……。
私が着るとなるとやっぱり色々と考えちゃうわけで。
「そんなに焦らされると、逆に変な気分になっちゃうけど」
「な、何言ってるの……！」
タオルから出ている私の肩に果歩の手が優しく触れて、顔をグッと近づけてきたのであまりにも心臓に悪くて反対側に顔を背けた。
今の果歩は海パン一枚だけの上半身裸スタイルなわけで。自分の水着姿を見られることももちろん恥ずかしいけど、果歩のことだってまともに見られない。

程よく鍛えられた身体にはしっかり筋肉がついていて、チラッと目に入った腹筋だって割れていて、改めてしっかり男の人だって実感する。って。私なんかすごい変態みたいじゃない!?
「別に今さら恥ずかしがらなくても。お互いの身体なんてもう何回も見て――」
果歩が恥ずかしげもなく変なことを言いかけたから、思わず彼の腕を叩くと、「痛っ」と声を上げた。
まったく。よくそんなこと、涼しい顔して言えるよ。
こんな真昼の外と薄暗くした部屋じゃ何もかも違うんだから。
だからと言って、このまま海に入らないわけにはいかないこともわかっている。
これ以上果歩を待たせるのも申し訳ないし。
……よし。
タオルを取ったら急いで海に入ろう。
私は、深く息を吸ってからしぶしぶ身体に巻いていたタオルに手をかけた。
「……行こ、果歩」
「いや、タオルのまま入るの――って、え、ちょっと待って」
まさか私がタオルを取ると思わなかったのか、一瞬海の家に目線を向けていた果歩がこちらを二度見して目を見開いたまま、立ち上がろうとした私の手首をつかんだ。
「すげぇいいじゃん……美乃里ちゃん」
「って、そ、そんなに見ないでよ」

　私の頭のてっぺんから足の先まで、じっくり見つめる果歩に目を逸らしながら言う。
　やっぱりこの格好をこんな明るいところで見られるのは恥ずかしい。
　そんな私の気持ちなんてお構いなしに、
「それは無理、ごめん。やばすぎる。もう今ここで抱きたい」
　なんて返事が返ってきた。
　すぐそういうこと言うんだから。
「だめです」
　きっぱり答えれば、果歩が「ケチ」と呟きながらそばに置いていた大きな浮き輪を持って立ち上がり、それを私の頭の上からかぶせた。
「これで少しでもそれ隠して」
「え……」
　隠してって……それって水着のことだよね？　やっぱり似合わなかった？
　そう頭の中でぐるぐる考えていると、両頬をピタッと彼の手によって包まれる。
「こんな格好、向こうの輩（やから）に見つかったら困るでしょ」
　果歩はそう言うと、私の頬を包む手を少し動かして、私の顔を人の集まっている場所に向けた。
　そこには大学生ぐらいの男の人たちの集団が女の子たちに声をかけているのが見えて、果歩が言っていたことの意味を理解する。
「行くよ」

「ちょ……！」
　果歩は浮き輪についたロープを軽く引っ張ってから、ちょっぴり強引に海へと向かった。

「あ――やばっ」
　浅瀬から少し離れたところまで泳いだ果歩が、私に背中を見せたままため息まじりで呟くのが聞こえた。
「果歩、耳真っ赤」
「っ、知ってる」
　知ってるって……。
　今までの果歩なら、うるさいとか見ないで、とか言いそうなのに。
「今、誰かさんのせいで史上最高に興奮してるからね。そりゃこうなるって」
　うっ……興奮って……。
　この水着のことを言っているんだよね。
　一瞬、やっぱり変だったんじゃって心配になったからよかったけど。
　うれしいような、恥ずかしいような。
　それにしても、なかなかこっちを向いてくれない果歩にさすがに声をかける。
「ねぇ、果歩いつまでそっち向いてるの」
「……」
　さっきと逆の立場。私がタオルを取るのを待っていた果歩みたいに。

海水につかり浮き輪もあることで水着が少し隠れて安心したからか、私のイタズラ心が少し顔を出す。
私よりもなぜか果歩のほうが恥ずかしがっているのがおかしくて。
「果歩？」
「待ってほんと、今そっち向いたら俺確実に美乃里ちゃんのこと襲うから」
「……なっ」
後頭部を見せたまま、あまりにも大胆なことを言う彼にこっちの全身まで熱くなってしまう。
冷たい海の中にいるっていうのに。
「……それとも、いいの？　ここで」
っ!?
ゆっくりとこちらを振り返った果歩が、浮き輪に腕を置いてその上に顔を乗せ上目遣いでそう言った。
果歩の耳も赤いけど、今はそれ以上に自分の顔のほうが火照っているに違いない。
「だ、だめに決まっているでしょ！」
「ふーん。だめって顔してないけど」
浮き輪に置いた片方の腕に顔を預けたまま、彼のもうひとつの手が不意にこちらに伸びてきて。
濡れたその手を私の肩から腕に滑らせる。
「……ちょっとっ」
いきなり素肌に触れられて大げさに肩が跳ねる。
「敏感だね、美乃里ちゃんは」

「だって果歩が急に……」
「そんなかわいい反応されたら、我慢できないんだけど」
　かわいい反応って……別にそんなつもりないのに。
　気づけば、果歩の耳の熱は引いていて彼の口角がくいっと上がった。
　まるで今の笑みでスイッチが入ったかのよう。
「チューぐらいならいいでしょ」
「っ、いや、人いるし」
「遠くにしかいないじゃん」
「そういう問題じゃなくて……」
「あ、そう。……あーあ。夏休み全然美乃里ちゃんに会えなくて、今日やっと久しぶりのデートだったからすっごい楽しみにしてたのになー。彼氏なのにチューのひとつやふたつもできないんだ、そっかー」
　と、わざとらしくごねる果歩。
「ちょっと、そんなおっきい声でやめてよ」
「だって美乃里ちゃんが——」
　もう……こういうところ、子どもみたいだもんな。
「あー、もうわかったから、静かにして」
　慌ててそう言えば、ふふっとうれしそうに微笑むから、それにまたときめいて。
　そりゃ、私だって久しぶりに果歩に会えてすごくうれしいんだから。
　水着だって、彼に少しでもかわいいと思ってほしくて、萌ちゃんたちに協力して選んでもらったんだもん。

思っていることを全部素直に伝えられないところ、直していかないとってことも、わかっているから。
今日は、かわいい水着の力も借りて。
私は意を決して、顔をわずかに浮き輪に埋めるようにして果歩とうんと近い距離で目線の高さを合わせた。
それから、目をギュッとつぶって。
自(みずか)ら、彼の唇に自分の唇を重ねた。
心臓がドキドキしすぎて痛いぐらい。
柔らかい感触にドキンと大きく脈打つ中、ゆっくり顔を離すと。果歩が目をパチパチさせて驚いたような表情をしていた。
「……まさか美乃里ちゃんからしてくれると思わなかった」
「へ……」
え……。
あ、そっか……よく考えたら、別に私からキスしてほしいなんて、果歩は一言も言ってないわけで……。
「いや、その、今のは！」
自分のしたことを思い返して、再び顔に熱が集中する。
「先に仕掛けたの、美乃里のほうだから」
『美乃里』
果歩がそう私を呼び捨てするときは危険信号。
首筋に彼の手が伸びてきて、そのまま上からツーっと鎖骨(さこつ)までなぞられる。
「っん、ちょ、くすぐったい……」
勝手に声が漏れて、身体がゾクゾクする。

「知ってる。ここ、弱いもんね」
　イジワルっぽくそう言った果歩に肩を引き寄せられて。
「……っん」
　唇を奪われた。
　何度も角度を変えながら吸いつくようなキス。
　海の中だというのにクラクラしてのぼせそうになって。
　重ねるたびに聞こえるリップ音が私たちを煽るみたい。
　もう、何も考えられなくなる。
「もっと、かわいい声聞かせてよ」
　少し離れたと思ったら耳元でそう甘く囁かれて、全身に果歩の声が響いて。
　彼の人差し指が私の唇をなぞるように触れるから、口の中がわずかにしょっぱい。
　と思ったら、次の瞬間、再びキスの雨が降ってきて。今度は生暖かいものが侵入してきた。
　海水の塩辛さなんて一気に忘れさせてしまうような、とろけるような甘いキスをする。
　口の中だけじゃない、頭の中もかき回されるような。
　必死に応えようとするけれど、まだまだ全然慣れなくて。
「……っ、果歩……、もう、無理っ」
　少し唇が離れて乱れた呼吸のままそう言えば、ギュッと身体ごと引き寄せられて。
「美乃里ちゃんがかわいすぎるのが悪いんだよ」
「そ、そんなこと言われても……」
　好きな人にかわいいなんて言われてうれしくない人なん

ていない。

彼との間に浮き輪があるものの、お互いの濡れた素肌が密着してさらに心拍数が上がる。

それでも、抱きしめられるとどこか安心して落ち着いて。私はこの腕の中が好きだと再確認する。

「……すげぇ好き」

彼はそう呟いて私のおでこに優しい口づけをした。

そうしてふたりきりの時間を満喫して海水浴を楽しんだ後は、砂浜のパラソルの下に戻り、今朝、私が作ってきたお弁当を一緒に食べたりして。気づけばあっという間に夕方になっていた。

水着を着替えてパラソルやレジャーシートを片づけていると、だんだんと空や海、砂浜がオレンジ色に染まって。

「見て、美乃里ちゃん」

果歩の声で海に目を向けると、視界一面に広がる海に夕日が沈んでいくのが見えた。

「わぁ、綺麗……」

その幻想(げんそう)的な景色に、幸福のため息が漏れる。

なんだか、果歩とは出会った初めからよく空を見ている気がする。

キャンプの時の星空も、学園祭の後夜祭で空き教室の窓から見た満月も。

これからも、いろんな景色を彼と見たいし、この広い空を埋め尽くすほどの思い出を作っていきたいと思う。

「美乃里ちゃん、来年も再来年も来ようね。ふたりでも、剛さんと双子とも」

　こうやって、私が大切にしているものを同じように大切にしてくれる。

　果歩のそういうところが大好きだから。

「うん。ありがとう。……私も好きだよ」

　さっき恥ずかしくて言えなかったセリフも小さく呟いて、そっと彼の手を握った。

—end—

☆afterword

＊あとがき＊

このたびは、『モテすぎる男子から、めちゃくちゃ一途に溺愛されています。』を手に取ってくださり、本当にありがとうございます。

今回の物語は、仲よくしていただいている作家さんから『両手いっぱいのときめきを』という原題タイトルをいただいて思いついたお話になります。そしてアズコンというミス・ミスターコンテストの設定は、アイドルのオーディション番組を見たのがきっかけです。

私はもともと、人の嫌いが好きに変わる瞬間がすごく好きなので、美乃里と果歩の気持ちがだんだんと変化していく過程を書いていてとても楽しかったです。

人間関係だけでなく、食べ物の好き嫌いやファッションや音楽、芸能など、色んなことに通じると思いますが、挑戦してみたり知ってみると意外と美味しかったり楽しかったりして、新しい発見で自分の世界がさらに広がることがあると思います。

私自身の体験ではありますが、ずっと野菜のナスが苦手で避けていたのですが、大好きなブロガーさんがナスを使った美味しそうな料理を作っているのを見て、食べてみたいと思うようになり、実際に作ったことがあります。食べてみるとすごく美味しくて、今まで避けていてもったいないことしてたなぁと感じました。

たとえ克服できなくても、そのよさが理解できなくても、自分が苦手なことでもそれを知ろうとする気持ちはすごく大事なことだと思います。なんて、話が逸れている気もしますが！

何が言いたいかというと、要するに、『嫌い』よりも『好き』を自分の中でたくさん作り出したほうが何倍も生きるのが楽しくなるということです（笑）！　私自身、それを実感できてうれしかったです。

だから私はこれからも、誰かの生活の楽しみや癒(いや)しの一部になれるようなお話を作っていきたいと思っています。誰かを楽しませたり笑ってもらえたり、それが私自身の最大の糧(かて)になっています。

この作品を最後まで読んでくださった方、以前から私の作品を知ってくださっている方、そしてこの本の出版に携(たずさ)わってくれたすべての方々に、本当に感謝の気持ちでいっぱいです。

最後になりますが、今、夢に向かって進みたいのに状況ゆえに立ち止まったままに思えて、苦しいと感じている方がたくさんいるかと思いますが、そういう人たちの明るい未来も心から願っています。

たくさんの愛と感謝を込めて。

2022年1月25日

雨乃めこ

作・雨乃めこ（あまの　めこ）
沖縄県出身。休みの日は常に、YouTube、アニメ、ゲームとともに自宅警備中。ご飯と音楽と制服が好き。美男美女も大好き。好きなことが多すぎて体が足りないのが悩み。座右の銘は「すべての推しは己の心の安定」。『無気力王子とじれ甘同居。』で書籍化デビュー。現在はケータイ小説サイト「野いちご」にて執筆活動を続けている。

絵・やもり四季。（やもり　しき）
群馬県出身、9月19日生まれのA型の漫画家。趣味はアイドルを推すこと。代表作に『怪盗セイント・テール girls！』『先生、恋ってなんですか？』（ともに講談社刊）がある。

ファンレターのあて先

〒104-0031
東京都中央区京橋1-3-1
八重洲口大栄ビル7F
スターツ出版（株）書籍編集部 気付
雨乃めこ 先生

モテすぎる男子から、めちゃくちゃ
一途に溺愛されています。

2022年1月25日　初版第1刷発行

著　者　雨乃めこ

発行人　菊地修一

デザイン　カバー　しおざわりな（ムシカゴグラフィクス）
フォーマット　黒門ビリー＆フラミンゴスタジオ

DTP　朝日メディアインターナショナル株式会社

編　集　相川有希子

編集協力　ミケハラ編集室

発行所　スターツ出版株式会社
〒104-0031 東京都中央区京橋1-3-1　八重洲口大栄ビル7F
出版マーケティンググループ　TEL03-6202-0386
（ご注文等に関するお問い合わせ）
https://starts-pub.jp/

印刷所　共同印刷株式会社
Printed in Japan

ISBN 978-4-8137-1206-0　C0193